Onderdanige Slaaf en andere verhalen

Erika Sanders

Serie
Overheersing en erotische onderwerping

Korte inhoud

Dit boek bestaat uit de volgende verhalen:

Onderdanige Slaaf is een roman met een sterk erotisch BDSM-gehalte en, op zijn beurt, een nieuwe roman behorend tot de Erotic Domination-collectie, een serie romans met een hoog romantisch en erotisch BDSM-gehalte.

(Alle personages zijn 18 jaar of ouder)

Opmerking van de schrijver:

Erika Sanders is een bekende internationale schrijfster, vertaald in meer dan twintig talen, die haar meest erotische geschriften, ver van haar gebruikelijke proza, ondertekent met haar meisjesnaam.

Inhoudsopgave

ONDERDANIGE SLAAF EN ANDERE VERHALEN
ERIKA SANDERS

ONDERDANIGE SLAAF

HOOFDSTUK I

Waar was ze verdomme?

Dat dacht ik toen ik aan een tafel voor twee zat in de cafetaria aan een hoofdstraat aan de rand van de stad.

Ik had al twee kopjes koffie op en het was ruim een uur voorbij wat we gisteren hadden afgesproken en verdomd, ik moest gaan plassen.

Omdat ik niet wist of ik moest blijven of vertrekken of wat dan ook, overtuigde ik mezelf er uiteindelijk van dat ik in de steek was gelaten en besloot hulp te gaan halen.

Wat een verdomde tijdverspilling en dit is gewoon weer een klap voor mijn ego... het gebeurde te kort voor de vorige keer, ik had beter moeten weten, dacht ik terwijl ik opstond van de tafel en naar het herentoilet liep.

We hadden elkaar gisteravond ontmoet via de chat.

Ik had een kamer aangemaakt met een onderwerp over het vinden van een Dominatrix in de juiste omgeving en na een paar uur kwam Lucy binnen en we begonnen te praten over wat we wel en niet leuk vinden aan de situatie en het onderwerp.

We wisselden foto's uit... niets gewaagds, alleen foto's van ons in eerste instantie in normale kleding.

We vonden het leuk wat we zagen en besloten vanochtend vroeg op zaterdagochtend... eigenlijk heel vroeg... om 06.15 uur in de koffieshop af te spreken.

Lucy vraagt me dan om haar een lijst met mijn grenzen te sturen... een volledige lijst van wat ik niet zou doen en wat ik wel wilde doen.

Ze liet me ook al mijn metingen naar haar sturen; alles, van de lengte van mijn pik als hij rechtop stond tot de maat van mijn schoen.

Later vroeg ze me om haar foto's te sturen van mijn pik zoals die normaal hing en ook met een volledige erectie.

Hij had alles gedaan, maar verdomd, hij was hier in de kantine terechtgekomen.

Ik verliet de coffeeshop en liep naar mijn auto, die aan de achterkant van de parkeerplaats stond, waar ik Lucy had verteld dat ik hem zou parkeren en haar tegelijkertijd mijn kenteken had gegeven.

Toen ik de deur opendeed, begon het raam aan de passagierszijde van een zwarte SUV die naast mij geparkeerd stond, naar beneden te rollen.

" Peter, ben jij dat?" zei een vrouwenstem zacht

Ik vertelde hem dat ik het was.

'Het spijt me, maar ik moest er zeker van zijn dat je de persoon was die je echt zei dat je was.'

Ik keek naar de chauffeur en mijn hart begon fantastisch te kloppen.

Het was Lucy en ze zag er prachtig uit... in een leren jas en hoge leren laarzen.

Haar leren jas was aan de onderkant losgeknoopt, waardoor blote dijen zichtbaar waren en wat leer erboven, maar ik wist niet zeker wat het leer precies was, maar het diende zijn doel om mij op te winden.

'Waar was je? Ik heb meer dan een uur op je gewacht.' flapte ik eruit terwijl ik naar haar laarzen keek en voelde dat mijn pik aandacht begon te schenken aan de situatie.

"Nu Peter, zeg gewoon wat je voelt. Als je nog steeds geïnteresseerd bent om mij te ontmoeten, volg je me nu meteen naar mijn huis. Als we daar zijn, rijd je de garage in in de ruimte naast mijn huis. auto. Begrijp je die jongen?"

Voordat hij kon reageren, ging het raam dicht en reed de SUV de parkeerplaats op en begon weg te rijden.

Mijn erectie stierf ter plekke in recordtijd.

Wat moet ik doen, wat moet ik doen?

Vloek.

Ik sprong in mijn auto en rende achter haar aan in de hoop dat het nog niet te laat was.

" Waar is ze?" Ik zei tegen mezelf toen ik de uitgang naderde... 'Daar sloeg hij rechtsaf; hij gaat naar het westen.'

Ik probeerde gelijke tred te houden en haar in zicht te houden zonder te hard te rijden, aangezien deze weg bekend stond om zijn snelheidscamera's.

Ik had het in zicht toen het plotseling door een oranje licht ging, waardoor ik moest stoppen en het moest zien verdwijnen.

"Bitch...hij deed het expres", schreeuwde ik tegen niemand.

Ik wachtte tot het licht groen werd, wat een eeuwigheid leek, en reed toen zo snel weg als toegestaan was, in de overtuiging dat ik het kwijt was.

'Daar is ze, ga je gang.' Ik schreeuwde tegen mezelf... ze moet vastgelopen zijn in het verkeer of misschien was ze gestopt.

volgde ik vlak achter haar, en een paar kilometer later sloeg ze uiteindelijk rechtsaf een zijweg in, bekend om zijn dure huizen en geweldige uitzichten, aangezien het kavels aan het meer waren.

Wij reden veel langzamer.

Hij wil waarschijnlijk niet dat de buren er iets van merken, dacht ik.

Toen sloeg hij rechtsaf een weg in met aan het einde een enorm huis en mijn eerste gedachte was dat ik verdwaald was... maar hij reed naar de garage en opende de deur voordat ik daar aankwam.

Zij liet de auto aan de linkerkant achter en ik reed naast haar aan de rechterkant.

Ik was amper de garage binnen of de deur begon dicht te gaan, ik zette de auto uit en stapte uit.

Ze opende een deur naar het hoofdgebouw en gebaarde dat ik haar moest volgen, wat ik deed, maar aarzelend.

Ik veegde mijn voeten af aan een mat, ging het huis binnen en sloot de deur achter me.

Toen draaide ik me om en keek Lucy aan.

"Weet je dat je acht kilometer van mij vandaan woont..."

Klap... Klap... Klap... ze sloeg hard op mijn wangen.

'Hoe durf je tegen me te praten zoals je deed? Je zult me nooit meer ondervragen, zo'n waardeloos stuk stront als jij! Begrijp je me, Peter?'

Ik was geschokt, dit had ik niet verwacht.

"Ja, denk ik."

Hij greep me bij de voorkant van mijn shirt... klap, klap... klap.

Ze sloeg me opnieuw en deze keer probeerde ik mezelf te beschermen en pakte haar pols... gewoon uit een reflex, maar ik besefte dat het stom was en liet snel los.

"Oh shit, ik ben genaaid", dacht ik en wachtte tot ze zei dat ik moest vertrekken.

"NU op je knieën Peter!" ' zei hij luid terwijl hij mijn haar vastpakte en me naar beneden dwong.

'Je hebt een kleine straf verdiend, slaaf.' Ze zei.

Ze noemde mij een slaaf en ik dacht dat ze dat al twintig minuten deed.

Mijn knieën waren tegen elkaar, mijn handen aan weerszijden, om mezelf in evenwicht te houden, en ik keek naar haar.

Ze keek me aan en schopte me toen hard op de plek waar mijn knieën elkaar raakten.

"Spreid die knieën, trut!"

Ik deed wat mij werd opgedragen.

Vervolgens plaatste ze het puntje van haar rechtervoet op mijn pik en drukte er hard op.

"Vergeet het niet nog een keer, Peter. Leg je verdomde hoofd ook naar beneden en kijk naar de grond. Leg je handen op je dijen, met de handpalmen naar boven, in de juiste positie voor een slaaf.

"Je hebt vijftien slavenzweepslagen verdiend die je zult ontvangen als onze sessie begint. Vijf zijn omdat je onbeschaamd was toen je me vroeg waar ik was. Vijf zijn omdat je onjuist antwoordde door niet met respect tegen me te praten en me niet Meesteres of Meesteres te noemen Lucy. Dat zul je altijd doen als je niet in het openbaar bent, dat wil zeggen in een auto of in een huis...of het nu hier is of in een privékamer. Vijf is voor het aanraken van mij zonder toestemming toen hij mijn pols vastpakte . Als je dat wel doet Als je het nog een keer doet, zul je buiten je grenzen gestraft worden, omdat ik mezelf moet beschermen. Begrijp je waarom je gestraft wordt, Peter?

Ik keek haar zo goed als ik kon in het gezicht en zei:

"Ja ik begrijp het".

Ze pakte me stevig bij mijn haar vast en keek me in de ogen.

'Dat zijn nog eens vijf pak slaag omdat je ongehoorzaam bent door op te kijken en gebrek aan respect te tonen door mij niet Meesteres te noemen. Begrijp je me, Peter?'

Terwijl ik mijn ogen en hoofd zo goed mogelijk neersloeg, hoewel ze me nog steeds bij mijn haar vasthield, zei ik:

'Ja, mevrouw Lucy, ik begrijp het.'

boeteling en mijn seksslaaf werd , en dat je training nodig had. Klopt dat Peter?"

"Ja mevrouw, dat klopt."

'Je zei dat je grenzen niet bij tieners of minder lagen, geen bloed, geen spelden, geen naalden, geen blijvende littekens. Klopt dat, Peter?'

"Ja mevrouw, dat klopt."

'Heb je jezelf vanochtend gereinigd met de snelle klysmamethode die we hebben besproken?'

'Ja, mevrouw Lucy, ik heb het precies gedaan zoals u mij vertelde.'

'Heb je nog steeds interesse om mijn rouwende en seksslaaf Peter te worden?

"Ja mevrouw, meer dan ooit."

Toen liet hij mijn haar los terwijl hij naar de grond keek.

Het voelt alsof ik zojuist in het diepe van het zwembad ben gesprongen en niet heb leren zwemmen.

"Nou, laten we eens kijken of je getraind kunt worden. Sta op en leeg al je zakken, doe je horloge en ringen af en leg alles op het tafeltje!" waar zij op wees. "Trek dan je schoenen uit en leg ze op de grond naast de tafel."

Ik deed zo snel mogelijk alles wat hij zei en aangezien het mijn eerste kans was, keek ik het huis rond.

Het bevond zich in de grote hal, niet ver van de trap die naar de kelder leidde.

Ik keek naar de Dominatrix zonder oogcontact te maken en zag dat ze nog steeds haar leren jas en laarzen aan had.

God, ze is nog mooier dan de foto die ze me stuurde.

Kort donkerblond haar met een pony in haar ogen, ik kan niet wachten om erachter te komen hoe de rest van haar is zoals ik dacht.

"Nu Peter, je trekt al je kleren uit voor een inspectie; handen achter je hoofd, hoofd naar beneden en benen wijd uit elkaar. NU verdomde trut, niet morgen!"

Ik kleedde me zo snel mogelijk uit en ging naakt staan om mezelf te inspecteren.

Terwijl ik naar beneden keek, zag ik hoe mijn pik begon te groeien in afwachting dat mijn dromen werkelijkheid zouden worden.

God, wat zou ik graag willen dat hij me nu zou laten klaarkomen, dacht ik.

"Toen ik zei dat ik je benen wijd uit elkaar wilde hebben, meende ik het. Spreid je benen nu. BREDER! Jij idioot, idioot. En je kunt in de nabije toekomst elk moment vergeten een orgasme te krijgen, slaaf. Ik zal de slechts één om te bepalen wanneer je er een krijgt."

"Het spijt me mevrouw...ja mevrouw," flapte ik eruit en keek naar mijn harde pik.

Toen trok hij mijn kleren uit en liep langzaam om me heen.

Eerst kneep ze in een tepel en daarna in de eikel van mijn penis, waarbij ze er hard in kneep terwijl ze kreunde door opeengeklemde tanden.

Ze lachte terwijl ze me verschillende keren testte.

"Nu, slaaf Peter, verzamel al je kleren en ga naar de kelder. Open de eerste deur rechts, ga naar binnen en sluit de deur. Doe geen licht aan... Daar, in het midden van In de kamer vind je bovenaan een sporttas met instructies. Ga direct naar de tas, lees de instructies en volg ze nauwkeurig. Je hebt 20 minuten de tijd om deze taak te voltooien en ik zal elke beweging van je bekijken met de camera. Wil jij Begrijp je Petrus?"

'Ja, mevrouw Lucy, ik begrijp het.'

"Ga dan maar, jongen, je hebt al twintig seconden gebruikt."

Zo snel als ik kon pakte ik mijn kleren bij elkaar, rende de trap af, opende de eerste deur rechts, liep naar binnen en sloot hem achter me.

"Waar ben ik in hemelsnaam aan begonnen, ik ben echt genaaid."

Ja, ik ben zeker in een diepe afgrond gesprongen.

HOOFDSTUK II

Zo snel mocht het niet gaan, dacht ik bij mezelf, terwijl ik ervoor zorgde dat de deur dicht was.

Ik leunde met mijn hoofd tegen de deur, sloot mijn ogen en vroeg me af of dit echt gebeurde.

Een 40-jarige professionele man, zoals ik, gescheiden, vervulde eindelijk zijn fantasie.

Ik had kennis gemaakt met een compleet nieuwe wereld.

Daar, in het midden van de kamer, met een enkele spot die op het plafond scheen, lag een zwarte mat met daarop een sporttas, eigenlijk een Nike-tas.

Ik liep snel naar haar toe en voelde de kou van de betonnen vloer aan mijn voeten.

Misschien was hij in zijn kerker.

Bovenaan de tas zat een opgevouwen vel papier met een briefje erop: 'Slaaf Peter', ik, maar hoe had hij geweten dat ik hier zou zijn?

Ik pakte het briefje en begon het te lezen.

Slaaf Petrus

Bitch, je gaat nu op je knieën om dit briefje te lezen.

Volg de instructies nauwkeurig en wees er snel bij, want uw tijd dringt.'

Ik knielde snel neer en keek terwijl ik dat deed om me heen, maar er was geen licht in de rest van de kamer; alleen het licht dat op mij scheen terwijl ik het briefje las.

1. Stapel je kleding voorzichtig naast de tas.

2. Haal alles uit de tas en stop je kleding erin.

3. Doe de halsband om, zorg ervoor dat deze strak zit en vergrendel hem.

4. Doe het lichaamsharnas aan en maak alle gespen en hamerring vast. Ze moeten allemaal strak zijn.

5. Maak de pols- en enkelboeien vast en zet ze vast met een hangslot. Elk exemplaar is gemarkeerd waar het naartoe moet en moet strak worden aangetrokken.

6. Vergrendel de enkelboeien samen met de 15 cm lange ketting en hangsloten.

7. Gesp op de kaak. Het is een kaak met open breedte en moet erg strak zijn.

8. Controleer de ruimte en stop alles wat je niet hebt gebruikt in de tas.

9. Doe de blinddoek om en maak hem stevig vast!

10. Sluit de polsmanchetten aan elkaar.

11. Neem de slave-positie in en wacht.

Terwijl ik het briefje las, viel ik op mijn knieën terwijl ik probeerde elk item in de tas te lokaliseren, en uiteindelijk, gefrustreerd door de poging om ze te lokaliseren, gooide ik de tas gewoon voor me uit.

Toen ik het allemaal zag, geloofde ik echt dat anderen zouden komen, aangezien dit allemaal niet alleen voor mij kon zijn.

Plotseling klonk uit een luidspreker recht boven mij zijn stem, luid, diep en zwaar.

"JE HEBT NOG 15 MINUTEN."

Die herinnering veroorzaakte een paniektoestand in mij en ik pakte snel mijn kleren bij elkaar, gooide ze in de tas en sloot hem.

Toen ging ik door de stapel leren riemen totdat ik de halsband vond.

Verdomme, het is een strafhalsband.

Ik keek naar de dikke tien centimeter hoge zwarte halsband en vroeg me af hoe ik hem moest omdoen, totdat ik merkte dat er een klein open hangslotje in zat dat door een gaatje in de extra brede pin van de gesp paste.

Nu begreep ik hoe het gebruikt moest worden en verwijderde ik het slot.

Ik hief mijn hoofd op, plaatste het om mijn nek, zodat de opening aan de achterkant zat en een D-ring aan de voorkant, en maakte het in een comfortabele positie vast.

Vervolgens stak ik het hangslot door het gaatje en sloot het af.

Daar zit dat verdomde ding, dacht ik.

Wat is het volgende?

Gelukkig had ik wat tijd besteed aan onderzoek naar het onderwerp dominantiespeelgoed en had ik verschillende lichaamsharnassen online zien adverteren, dus ik kon het snel lokaliseren en besloot, na het even vast te houden, dat het een torsoharnas was.

Zo snel als ik kon bepaalde ik de voorkant van de achterkant, gooide hem om me heen zodat de hoofdringen aan de achterkant zaten en de meeste verstelgespen aan de voorkant zaten.

Gelukkig waren de twee bandjes die aan weerszijden van mijn nek zaten los en dit hielp de voorkant vanaf de achterkant te positioneren, samen met het feit dat de cockring ook aan de voorkant hing.

Deze twee bandjes kwamen voor en achter in een ring samen op een niveau net onder mijn borsten.

Hiervandaan leidde een enkele riem naar een andere ring ter hoogte van mijn heupen en vanaf deze ring aan de voorkant hield een andere riem de cockring vast met de riem eronder vastgemaakt.

Zowel de voor- als de achterringen hielden de riemen vast om de zijkanten van voren naar achteren met elkaar te verbinden.

Na een paar seconden woelen en draaien besloot ik de zijbandjes van de ring onder mijn borsten vast te maken en ze vast te maken totdat ze strak zaten, maar niet te strak.

Vervolgens herhaalde ik hetzelfde met de zijbanden op mijn heupen.

Dit begon lastig te worden omdat deze nekriem mijn hoofd omhoog hield en ik niet goed kon zien wat ik deed.

De cockring was de volgende en ik wist dat ik dat moest doen door er gewoon aan te voelen zonder te kunnen kijken.

God, ik wou dat ik mijn pikafmetingen had overdreven toen Lucy erom vroeg.

Hij past nu niet zo goed bij mij en ik had niet verwacht dat er een probleem zou zijn totdat ik de cockring omhoog kon houden zodat ik hem kon zien.

Verdomd, het is klein!

Hoe krijg ik mijn onderdelen daar?

Ik pakte het balletje voor balletje en had het geluk dat mijn pik op dat moment los zat en ik de schacht door de resterende ruimte kon persen.

Een beetje glijmiddel zou hebben geholpen, maar dat was er niet.

Ik trok de cockringband vast aan de heupring en pakte vervolgens de resterende cockringband, plaatste deze tussen mijn benen en de achterkant van mijn heup op mijn rug en vervolgens, met mijn armen achter me, knoopte ik hem zo goed mogelijk dicht.

Zodra ik dat deed, begon ik een erectie te krijgen met als resultaat dat de pijn aan de basis van mijn pik en ballen verrassend fantastisch aanvoelde.

Vervolgens trok ik elke riem strak en herhaalde het proces keer op keer totdat ik voelde dat ze zo strak zaten als nodig was.

Het hele proces hield mijn pik rechtop tot het moment dat hij klaar was.

Lucy's stem kwam weer uit de plafondluidspreker en ze leek dominanter dan voorheen.

"SLAAF, JE HEBT NOG 5 MINUTEN."

"Nee, dat is niet mogelijk, mevrouw. Dat kan niet." Ik protesteerde.

"JE HEBT 5 MINUTEN. HAAST."

Zo snel als ik kon positioneerde ik mezelf en sloot de polsen en enkels, waarbij ik aanwees waar ze allemaal heen moesten.

Toen vond ik de ketting en bevestigde deze aan mijn enkelboeien met hangsloten aan de D-ringen op elke manchet.

Dit alles was geen gemakkelijke opgave, aangezien de verdomde strafhalsband mijn zicht beperkte.

Dan de grap!

Het was van dik leer en had een grote opening waar mijn lippen en tanden doorheen konden.

Toen ik het voor het eerst probeerde, dacht ik dat er een vergissing was, omdat ik bij de eerste poging mijn mond niet over de uitstekende ring kon krijgen.

Ik probeerde het opnieuw en stak mijn tanden in de ring, maar het was pijnlijk ongemakkelijk.

Ik heb het stevig dichtgeknoopt om er zeker van te zijn dat het niet losraakt.

God, het gat was groot genoeg voor een goed lid, maar ik hoopte dat ik het nooit zou ontvangen. Waarom heb ik dat niet op mijn lijst met grenzen gezet?

Nadat ik de blinddoek had gevonden, pakte ik hem allemaal op, stopte hem in de tas en sloot hem.

Ik maakte de blinddoek vast en net toen ik hem vastmaakte, kwam de plafondluidspreker tot leven.

"JE TIJD IS VOORBIJ. NU BEN JE MIJN SLAAF."

Oh shit, ik vergat mijn polsen op slot te doen, ik schreeuwde in de knevel.

Wanhopig vond ik de tas, opende hem en na wat een eeuwigheid leek, vond ik een open hangslot.

Snel, maar met moeite en het moet me twee minuten of langer hebben gekost, kon ik de handboeien achter mijn rug vastbinden.

Toen knielde ik daar in totale onderwerping, met mijn knieën uit elkaar.

Oh nee! Ik heb de tas niet dichtgedaan.

Ik knielde daar voor wat de langste tijd ter wereld leek, terwijl ik luisterde naar de deur die open en dicht ging.

Er was geen geluid; Hij zei niets.

De laarzen klikten op de vloer en ik wist aan de beweging van de lucht over mijn lichaam en de geur van haar parfum dat ze dichtbij was.

God, het rook fantastisch.

Het was jaren geleden dat ik zo'n vrouw zo dicht bij me had.

Ik kon het leer van zijn laarzen horen, dacht ik en stelde me voor dat hij de tas inspecteerde.

Ik kon het leer ruiken dat hij droeg en ik begon opgewonden te raken terwijl ik in onderwerping knielde.

Plop!

"Agrrrrrrrrrrr," kreunde ik nadat ik een trap in mijn ballen kreeg die meer pijn deed dan welke andere pijn dan ook die ik ooit in mijn leven had gehad.

De onverwachte pijn dwong mijn knieën om zich te sluiten.

"Je bent me ongehoorzaam geweest, waardeloos stuk stront. Spreid NU je knieën!"

Ik gehoorzaamde langzaam en trok mijn knieën weg in de verwachting dat ik nog een klap zou krijgen, maar er kwam niets.

Ik mompelde in de grap een niet te onderscheiden 'Sorry Meesteres.'

"Je stelt mij teleur, Peter. Je hebt je eerste opdracht niet gehaald en als gevolg daarvan krijg je pas op het feest vanavond je pak slaag en wordt het verdrievoudigd."

Feest? Waar heb je het verdomme over?

dacht ik plotseling en Lucy moet mijn bezorgdheid hebben gevoeld door een beweging van mijn lichaam.

"Ik ga vanavond een paar van mijn vrienden uitnodigen. Wil je aanwezig zijn als mijn slaaf, Peter? Jij zult de hoofdattractie zijn;

eigenlijk ben jij vanavond de enige attractie. Nou, ben je geïnteresseerd? ?"

Ik probeerde al deze nieuwe informatie in me op te nemen toen... klap... zijn hand op mijn linkerwang terechtkwam.

Verdorie, dat doet pijn.

"Ik heb je een vraag gesteld, Peter. Ben je geïnteresseerd? Zo niet, dan eindigt je dienstverband nu!"

Zo goed als ik kon schudde ik mijn hoofd om aan te geven dat ik geïnteresseerd was en mompelde in de grap:

'Laat mij alstublieft uw feest bijwonen, mevrouw Lucy.'

"Oké Peter, je mag naar huis en je klaarmaken voor het feest, maar eerst moeten we hier en nu wat dingen regelen. Je hebt de instructies niet zo goed gevolgd, hè? Je bent niet weggegaan al het speelgoed voor onze sessie, je ketting is: "Ik laat los en ik ben ontzettend geil. Zeer slechte teef, want ik ben van plan vanavond heel hard tegen je te zijn."

Vervolgens pakte hij me bij mijn haar en trok mijn hoofd naar achteren tot het punt waarop ik me kon voorstellen dat hij naar mijn geknevelde en geblinddoekte gezicht keek.

'Over een paar minuten, mijn hoer, zul je niet langer zo ongehoorzaam zijn,' zei hij met een diepe, bevelende stem.

Ik wist wat hij bedoelde en ik knielde daar stil neer nadat hij mijn hoofd losliet.

'Eerst moet ik je leren je Meesteres altijd te respecteren en te gehoorzamen.'

Het geluid van zijn laarzen gaf aan dat hij was weggelopen en al snel hoorde ik iets in mijn richting schuifelen.

Toen voelde ik haar naast mij en ik voelde ook dat er iets voor mij werd geplaatst.

Zijn hand lag op de achterkant van mijn hoofd en maakte de blinddoek los, die langzaam losliet en ik knipperde verschillende keren om me aan het licht aan te passen.

Voor mij stond de zijkant van een zwarte houten bank die ongeveer 1,20 meter lang moet zijn geweest met een zwart gewatteerd leren blad van ongeveer 60 cm breed.

De kamer was nu volledig verlicht en toen ik om me heen keek, zag ik alle leren voorwerpen en zwepen aan de muren hangen en alle kettingen en touwen aan het plafond.

Toen ik mijn hoofd verder naar rechts draaide, was ze daar.

Oh shit, ze is zo mooi, dacht ik.

Ze droeg nog steeds de zwartleren laarzen, maar ze droeg alleen een klein zwartleren korset dat het gebied van haar heupen tot net onder haar borsten bedekte, en een paar zwartleren handschoenen.

Ik begon onmiddellijk te verharden.

'Sta op, slaaf, buig over de bank,' beval hij.

Eerlijk gezegd probeerde ik op te staan, maar ik was stijf van al die tijd op mijn knieën en de kettingremmen op mijn enkels maakten het onmogelijk.

Hoe hard hij ook zijn best deed, hij viel altijd op zijn knieën of viel op de ene of de andere kant.

"Oh, fuck," schreeuwde ze en ik wist dat ze boos was door de blik op haar gezicht en de toon van haar stem.

Plots leek hij te springen en pakte de ring aan de voorkant van mijn nek.

Verdomme, dat deed pijn, zei ik tegen mezelf terwijl ik abrupt opstond en op de bank terechtkwam, waarbij ik tegen mijn enkels schopte.

Toen ik kreunde, zei ze alleen maar:

'Wen er maar aan, jongen! Vanavond wordt nog erger.'

Nadat hij mij op de bank had gegooid, bond hij mij met een touw vast vanaf de ring om mijn nek tot aan een oogje aan de onderkant van de bank, zodat ik van mijn hoofd tot aan mijn schouders over de bank gebogen zat.

Vanuit mijn rechterooghoek kon ik zien dat Mijn Meesteres een leren riem pakte die samen met vele andere riemen aan de muur hing.

Het was misschien tien centimeter breed en niet erg dik, en ik was dankbaar dat het niet het kapperstouw was dat nog aan de muur hing.

Klap... klap... klap.

Ze gooide de riem tegen mijn billen, wat een eeuwigheid leek.

Toen ik probeerde te bewegen om aan de beperking te ontsnappen, hield ze me vast met mijn geboeide polsen en hief mijn armen op om mijn beweging te stoppen.

Eindelijk was hij klaar en zijn hand streelde mijn billen terwijl hij zich voorover boog en mijn schouder likte.

'Je moet mij altijd gehoorzamen, Peter. Begrijp je dat?'

Ik mompelde een Ja AMA in mijn prop terwijl hij naar de sporttas op de grond liep.

Toen hij er doorheen keek en dacht waar hij naar zocht, haalde hij een leren riem tevoorschijn met een zwarte dildo erop.

Ik keek hoe ze hem snel om haar middel en tussen haar benen hield totdat hij veilig en op de juiste plaats voelde.

Toen liep ze langzaam heen en weer om er zeker van te zijn dat ik kon zien wat er ging gebeuren en ging voor me staan.

Hij tilde mijn hoofd bij mijn haar op en leidde de dildo naar mijn knevel.

"Slaaf, ik heb de kleinste dildo gekozen waarmee ik je moet neuken. Ik hoop dat je mijn gebaar waardeert. Zuig er NU aan zodat hij klaar en nat is. Ik zal ook een glijmiddel gebruiken zodat je van dit moment kunt genieten, onze eerste samen."

Terwijl ze de dildo langzaam in het knevelgat stopte, probeerde ik hem zo goed mogelijk met mijn tong in bedwang te houden en draaide hem vervolgens rond om hem te bevochtigen.

Hem zuigen was uitgesloten, maar hij wist dat dit in de toekomst een vereiste zou zijn; misschien zelfs vanavond.

De dame haalde toen haar speeltje uit mijn mond en stond op, waar ze de ketting om mijn enkels opende en mijn benen spreidde totdat ik dacht dat ik in tweeën zou splijten.

Toen voelde ik hoe zijn gehandschoende handen de riem tussen mijn benen losmaakten.

Ze spreidde mijn billen terwijl ze langzaam mijn onontdekte territorium betrad.

"Oh ja," schreeuwde hij herhaaldelijk terwijl hij zichzelf tegen me aan duwde en me toen serieus begon te neuken met één hand op elk van mijn heupen.

Ik had er nog niet eerder op gelet, maar nu besefte ik dat mijn pik hard was en tegen de bank werd gewreven terwijl mijn geliefde mij neukte.

Ze merkte ook mijn groei op en één hand ging naar mijn pik en kneep er hard in.

"Oh, klein speeltje. Het zal ons allemaal een plezier doen vanavond, maar onthoud: als je klaarkomt, moet je het eraf likken. Oh ja, kleine teef, fuck, oh, zo lekker."

Na een paar minuten trok hij zich uit mij terug en hield mijn schouders vast terwijl hij zijn hoofd op mijn rug liet rusten.

Haar ademhaling was erg snel en hij wist dat ze gelukkig was.

"Je bent van mij Peter, helemaal van mij, verlaat me nooit. Ik heb mijn hele leven naar je gezocht."

Nadat ze me had losgemaakt, knielde ik voor haar en keek toe hoe ze alles losmaakte en eruit haalde wat ik als slaaf had meegebracht.

Toen ik helemaal naakt was, nam ik de slaafpositie aan en keek toe hoe ze naar een andere kast ging en er een zwartfluwelen tas uit haalde.

Ze kwam terug en ging voor me staan.

"Peter, in deze tas zit alles wat je vanavond moet dragen. Je mag vanaf het moment dat je je huis verlaat niets anders meer dragen en je auto wordt doorzocht om er zeker van te zijn dat je gehoorzaamt. Je kunt ook gevolgd worden door een van mijn vrienden . Jouw huis naar het feest, maar dat weet je nooit, dus wees gewaarschuwd: je mag de tas pas om 17.00 uur openen en je moet om precies 18.00 uur de garage ingaan. Kijk vooruit en wacht daar tot iemand je komt halen. Nu ga je je aankleden, naar huis gaan, rusten, een lichte maaltijd eten en je lichaam van binnen schoonmaken voordat je je aankleedt voor het feest. Oh, en nog iets: je zult niet alleen je gezicht scheren, maar ook de rest van je lichaam. Alleen het haar op je kruin, je wenkbrauwen en je wimpers zijn toegestaan. Begrijp je wat er van je wordt verlangd, mijn slaaf, of moet ik mezelf herhalen?

'Ik begrijp meesteres Lucy.'

"Oké Peter. Sta nu op."

Ik gehoorzaamde en plotseling was ze dicht bij me.

borsten op mijn borst voelen ; Zijn warmte was charmant en zijn gebaar was totaal onverwacht.

Hij plaatste zachtjes een hand achter mijn hoofd en bracht die naar de zijne totdat onze lippen elkaar raakten en vervolgens uiteen gingen terwijl onze tongen duelleerden en we in elkaars armen stonden terwijl onze lichamen probeerden één te worden.

Terwijl ze wegliep, zag ze mijn pik in de aandacht staan en glimlachte.

'O Peter, nog één ding. Speel nooit met jezelf zonder toestemming! Maak je nu klaar voor het feest.'

HOOFDSTUK III

Ik keek opnieuw op mijn horloge, voor wat de miljoenste keer in het afgelopen uur leek, en kwam uiteindelijk tot de conclusie dat het bijna tijd was om de tas te openen.

Alles was gedaan zoals bevolen door Lucy.

Het was maar een kleine acht kilometer rijden van zijn huis naar het mijne, wat verrassend was omdat we elkaar nog nooit eerder hadden ontmoet.

Het was onze eerste echte ontmoeting geweest die veel verder was gegaan dan ik had verwacht en ik wist dat ik verliefd op haar was en dat ze me met haar zou laten doen wat ik maar wilde.

God, ik was geil , maar ik zat daar en probeerde zijn bevel te gehoorzamen om niet met mij te spelen zonder zijn toestemming.

Normaal gesproken zou mijn rechterhand na de ochtend die ik zojuist had doorgebracht met van alles spelen, maar dat ging nu niet gebeuren.

Daar was het eindelijk vijf uur in de middag en maakte ik het trekkoord los aan de bovenkant van het zwartfluwelen tasje dat de dame mij had gegeven.

Mijn hartslag leek te verdubbelen in afwachting van wat ik moest vinden en ik sloot mijn ogen terwijl ik in de tas reikte.

Ik voelde de kou van metaal en de warmte van leer en rubber terwijl mijn hand alles in de tas pakte en op het bed gooide.

Daar op bed lag alles wat ik die avond moest dragen, namelijk een halsband, een klein harnas en een tube glijmiddel met een buttplug.

Godzijdank was het klein, dacht ik toen ik het zag.

Onmiddellijk begon ik me aan te kleden door eerst de ketting te pakken en te bepalen hoe ik dacht dat hij gedragen moest worden.

Het leek op het exemplaar dat ik eerder op de dag had gehad, behalve dat het slechts vijf centimeter lang was en drie D-ringen eraan vastzaten: één aan de voorkant en één aan elke kant.

Er zat een open hangslot aan vast en omdat ik wist hoe het werkte, deed ik het meteen aan en maakte het zo strak mogelijk vast zonder mezelf te wurgen, en vervolgens bond en sloot ik het hangslot terwijl ik in de spiegel keek, zodat ik geen fouten zou maken .

Toen bekeek ik het harnas in verschillende posities en kwam er uiteindelijk achter.

Ik zou zowel de buttplug op zijn plaats houden als mijn ontberingen, aangezien die verdomde kleine cockring er weer was.

Ik stond voor de volle spiegel in mijn kamer en merkte dat sinds ik al mijn schaamhaar had geschoren, mijn pik twee keer zo groot was, zelfs als hij daar slap hing.

Ik toverde een glimlach op mijn gezicht en hoopte dat Mijn Meesteres ook blij zou zijn als ze mij weer zou zien.

Het harnas leek op het lichaamsharnas dat hij eerder op de dag had gedragen.

Het moest op heuphoogte worden gedragen en had aan elke kant twee omvouwbare bandjes die aan de voor- en achterkant verbonden waren met een metalen ring.

Ik maakte deze riemen stevig vast en ging toen naar het harde gedeelte, waarbij ik eerst mijn ballen en daarna mijn pik door die verdomde ring duwde waarvan ik wist dat Lucy die te klein had geplaatst.

Toen ik ze door de ring had, keek ik nog eens in de spiegel en dacht hoe mooi dat eruit zag.

Het zou de hit van het feest moeten zijn.

Mijn knieën begonnen een beetje te trillen toen ik nadacht over wat ik nu moest doen, aangezien het de eerste keer zou zijn dat ik een buttplug zou gebruiken.

Ik nam het glijmiddel en deed genoeg glijmiddel op het uiteinde zodat ik het onmiddellijk in mijn kontgat en de eerste opening ervan wreef.

Vervolgens deed ik zoveel mogelijk glijmiddel op de plug en spreidde mijn benen, hurkte een beetje neer en bracht het langzaam op mijn kont aan.

De plug had een platte basis waardoor hij me niet volledig kon zuigen en er sijpelde overtollig glijmiddel omheen.

Het ging er gemakkelijker in dan ik had gedacht en ik pakte een tissue en veegde het overtollige glijmiddel weg voordat ik de harnasriem van de cockring tussen mijn benen verwijderde en deze aan de achterste ring vastmaakte.

Het harnas had een zakje voor de buttplug, maar omdat ik het te laat had opgemerkt, liet ik hem gewoon om de buttplug gewikkeld en hoopte dat hij hem met alles strak in mijn kont zou houden.

Ik controleerde de tijd en besefte dat het tijd was om te gaan en toen besefte ik dat ik bijna naakt zou rijden en ik zei tegen mezelf dat ik geen verkeersregels moest overtreden, anders moest ik mezelf uitleggen.

Ik hoopte dat niemand mij zou passeren of naast mij zou stoppen.

Mijn garage had directe toegang vanuit mijn huis en met de automatische garagedeuropener had ik het gevoel dat mijn buren niets ongewoons zouden opmerken.

Godzijdank voor getinte ramen.

Ik legde een handdoek op de bestuurdersstoel en mijn portemonnee en rijbewijs lagen al in het dashboardkastje toen ik in gedachten de checklist doorliep.

Ik wou dat het winter was geweest en alles donker was, maar het was een hete zomerdag en het zou nog geen 3 uur duren voordat de duisternis zou invallen.

Vervolgens liep ik weg van het huis nadat ik er zeker van was dat de garage gesloten was.

Wat ben ik in godsnaam aan het doen, het is nog maar een paar uur geleden sinds onze eerste ontmoeting, dacht ik terwijl ik langzaam naar zijn huis reed, naar het verkeer keek en hem in mij voelde verbinden.

Ik controleerde voortdurend de achteruitkijkspiegel om te zien of de politie en iemand anders die mij volgde.

Er was geen politie te bekennen, maar op enige afstand leek een kleine zwarte sportwagen mij te volgen, maar daar was ik niet helemaal zeker van.

O, ik heb het gedaan!

Ik schreeuwde tegen niemand, maar bijna, toen ik de oprit opreed en naar de garage reed.

Toen ik de garage binnenreed, realiseerde ik me dat ik bijna vijf minuten te vroeg was en omdat ik niet wist wat ik moest doen, stopte ik gewoon waar ik moest zijn en zette de motor af.

Ik zat daar te denken en mezelf ervan te overtuigen dat alles in orde was.

Ik deed mijn horloge af en legde het naast mij op de stoel.

De garagedeur ging achter mij dicht en mijn hart begon sneller te kloppen, samen met de verharding van mijn pik.

Toen zat ik met de warmte van mijn handen op mijn dijen te wachten op wat een eeuwigheid leek.

Ik hoorde de deur van het huis opengaan en toen ik op de klok op de stoel keek, zag ik dat het vijf minuten over uur was.

Het moet opwinding zijn geweest, want ik draaide me om en zag een vrouw door de deur komen en op mij afkomen.

Ze was zo groot als een Amazone, maar ze was niet dik, ze was gewoon groot, ongeveer mijn lengte, dacht ik, heel aantrekkelijk, haar bruine haar in een bos bovenop haar hoofd gebonden als een misplaatste pluizige paardenstaart.

En de hoer had de grootste tieten die ik ooit had gezien.

Wacht even, dacht ik.

Ik heb haar eerder gezien.

Ze werkt in de drankwinkel.

Ik zag haar de deur naderen en opende deze in een reflex om haar te begroeten.

'Haal je verdomde hand uit de deur en kijk recht voor je uit. Je bent een slaaf! Ga zitten en gehoorzaam.' Ze bestelde.

Ik haalde onmiddellijk mijn hand van de deur en ging daar zitten terwijl ik probeerde na te denken over wat er net was gebeurd.

Ze moet een Meesteres zijn.

Ze moet gehoorzaamd worden, dacht ik.

De deur ging helemaal open en ik keek naar links zonder mijn hoofd te bewegen en merkte dat ik naar een prachtig stel dijen keek.

Haar ongeschoren kutje was bedekt met een rode doek die een kwart zo groot was als een gezichtsdoekje en die aan een dun gouden touw op haar heupen hing.

Ze droeg een leren halsband om haar nek die nog geen centimeter lang was en waarop in gouden letters 'Slaaf' stond.

"Vind je het leuk wat je in je kont ziet? Ik zei dat je recht vooruit moest kijken."

'Ja, mevrouw. Het spijt me, mevrouw.' Ik antwoordde.

Klap...

Ze boeide me met haar rechterhand aan de zijkant van mijn hoofd.

'Ik ben geen minnares, maar je moet mij gehoorzamen totdat ik mijn plichten heb vervuld. Je mag mij Cindy of slaaf Cindy noemen. Begrijp je dat?' zij vroeg.

"Ja, slaaf Cindy. Ik begrijp je trut!"

"Oh, de slaaf is gek geworden," grinnikte hij en voegde eraan toe, "je zult niet snel lachen, jongen. Heb je al op een feestje gediend?"

'Nee, dit is mijn eerste dag met Lucy.' Ik antwoordde

Klap...deze keer landde zijn hand op mijn mond.

'Dat was niets vergeleken met wat gaat komen. U wordt alleen mevrouw Lucy genoemd, tenzij u in het openbaar bent. Begrijpt u dat?'

"Ja, slaaf Cindy." Ik reageerde en knikte met mijn hoofd om het aan te geven.

Vervolgens pakte hij de D-ring aan de linkerkant van mijn nek en toonde zijn kracht door me snel en ruw uit mijn auto te trekken en de ring op heuphoogte te houden terwijl hij de deur sloot.

Ik was de plug in mijn kont vergeten, die een beetje pijn begon te doen, en ik slaakte een kreun om dat aan te geven, waardoor Cindy alleen maar haar nek schudde om me te vertellen dat ik moest stoppen.

Terwijl ik tegen haar aan wreef, voelde ik haar zachtheid, rook haar geur, en even dacht ik erover om op haar te springen, maar een ruk aan mijn nek liet die gedachten uit mijn gedachten verdwijnen.

Er was een deur aan de achterkant van de garage, die hij opende en me erdoorheen leidde.

We liepen naar wat leek op een bijkeuken met aan de ene kant grasmaaiers en dergelijke en aan de andere kant een homegym.

Er was een raam dat uitkeek op een zeer grote, mooie privétuin, die, zoals ik al snel zou ontdekken, de hele achterkant van het huis en het terrein besloeg.

Het was uiterst privé en keek uit over het meer vanaf hun terras, dat ongeveer tien meter boven de kust lag.

Er zou geen buurman in de verte zijn die iets kon horen.

'Buig voorover en plaats je handen op de bank,' beval hij en beval opnieuw, 'spreid je benen een meter uit elkaar.'

Aan de halsband was een korte bankketting met een veiligheidshaak bevestigd als herinnering om niet te bewegen.

Cindy zette toen mijn benen verder uit elkaar en maakte de achterkant van het harnas los om haar toegang te geven tot de buttplug.

'Ik heb je gezien in de slijterij in het winkelcentrum,' zei ik tegen hem.

Klap... klap... klap.

Cindy legde haar hand hard op mijn kont.

'Klootzak, ons privéleven is ons privéleven en mag nooit besproken worden tijdens een ontmoeting van jou met welke Geliefde dan ook, of tijdens een bijeenkomst van de Pleasure of Pain Group. Begrijp je dit, Peter?'

'Ja, Cindy, ik begrijp het. Is dat de groep vanavond, Pleasure of Pain?'

'Zo heet het, Pleasure of Pain, en je mag er nooit kennis van nemen of er in je privéleven over praten.'

Plotseling... "Agggggggggggg," kreunde ik terwijl hij zonder waarschuwing de buttplug eruit trok.

'Jullie nieuwelingen begrijpen het nooit goed,' zei hij terwijl hij de pet voor mijn gezicht hield. 'Het hoort eerst in het harnaszakje te gaan en dan in haar anus. Zo.'

"Aggggggg"...verdomme...ze ramde hem met opzet, dacht ik.

Nadat ze het harnas weer zo ruw mogelijk had vastgemaakt, maakte slaaf Cindy de ketting van mijn halsband los en tilde me op.

Terwijl hij op zijn horloge keek, zei hij:

'We hebben bijna geen tijd meer vanwege jouw domheid. Pak twee dumbbells van twintig pond en doe push-ups totdat ik zeg dat je moet stoppen.'

'Eh,' antwoordde ik, want ik begreep er helemaal niets van.

"Jij stomme klootzak, moet ik alles voor je doen?"

Vervolgens liep hij naar een rek, dat zich onder het raam bevond, haalde er twee gewichten van twintig pond uit alsof het veren waren en deed een paar push-ups voor mij.

Ik voelde mijn gezicht rood worden van de domheid van mijn opmerkingen.

Nadat hij mij de gewichten had gegeven, begon ik meteen met de bestelde push-ups, maar ik vroeg me af waarom ik dit deed.

"Waarom ben ik in vredesnaam gewichten aan het heffen? Ik dacht dat ik hier was voor een feestje?" ' zei ik tegen Cindy terwijl ze wegliep van waar ik stond.

Wat een mooie kont heeft ze.

Ze is misschien een beetje mollig, maar ik durf te wedden dat ze fantastisch mollig is, dacht ik.

Hij stopte, draaide zich om, keek mij aan en zei:

"Ben je dom of zo? Je minnares wil vanavond haar nieuwe slaaf voorstellen en ze verwacht dat haar slaaf een perfect gespierd lichaam heeft. Je kunt vanavond maar beter een goede show neerzetten, Peter, anders krijg je geen volledig lidmaatschap van de groep." Begrepen? En stop met naar mij te kijken! Ik ben ook de slaaf van Meesteres Lucy.'

Verdomd, weer een onderdanige bitch, dacht ik.

Terwijl ik aan mijn lichaam bleef werken, in een poging mijn buikspieren en borstspieren weer tot leven te brengen, trok Cindy een groot blauw zeildoek uit een kast en plaatste het in het midden van de kamer, op de grond, vlak voor een garage. deur. naar de achtertuin.

Hij hield zich bezig door twee flessen voor het zeildoek te plaatsen, vervolgens een ton touw aan elke kant en vervolgens vanaf de andere kant van de kamer tilde hij wat leek op een groot stuk hout van de vloer en plaatste het op de grond. .

De achterkant van het doek.

Ik kon zien dat het niet licht was, omdat ik er in het begin wat moeite mee leek te hebben, maar hij bewees hoe sterk hij was door het gemakkelijk op te pakken zodra hij het onder controle had.

God, hij houdt me voor de gek, dacht ik.

Een volkomen gewillige, mooie vrouw met ongelooflijke kracht.

Ik begon mijn training te vertragen, zowel door een gebrek aan training als door de focus op het hout dat Cindy op de mat had gelegd.

Het was niet ruw, maar het leek wel geschuurd en afgewerkt met een lak.

Een grote bout in het midden van een oppervlak was het enige dat de gladheid van het stuk verstoorde, dat eruitzag alsof het tien bij tien centimeter was en ongeveer twee meter lang.

Toen Cindy alles op zijn plaats had, liep ze naar me toe en zag hoe ik worstelde met de gewichten, die al ongeveer tien keer zoveel leken te wegen als toen ik begon met trainen.

Ze lachte en streek met een zachte hand over mijn borst en buikspieren.

"Mmmm... oké jongen. Ben je klaar om te stoppen?"

"Oh alsjeblieft, ja, ik kan dit niet langer doen. Mijn armen voelen alsof ze op het punt staan eraf te vallen en mijn biceps branden", antwoordde ik.

"Ha ha ha... Oké, stop! Leg de gewichten neer en ga in het midden van de mat staan, met je gezicht naar de deur. NU!"

Ik legde voorzichtig de gewichten neer en sprong naar het midden van de mat.

Terwijl ik daar stond, kon ik de tuinen zien, aangezien de deur twee kleine ramen had.

Verdorie, ik kan Maine zelfs aan de overkant van het meer zien.

Het zag eruit als een warme, mooie dag buiten, maar deze kamer was voorzien van airconditioning en zorgde ervoor dat we niet gingen zweten.

"Spreid je armen, slet, en spreid je benen! Houd die positie vast en beweeg niet!"

'Moet je me beledigen, Cindy? Kun je me niet gewoon Peter noemen?'

"Ik bereid je alleen maar mentaal voor om de feestjongen te zijn en ik waardeer het echt niet als iemand mijn Meesteres probeert te stelen," antwoordde ze, terwijl ze naar een van de flessen reikte.

O, ze is jaloers!

Hij kwam achter me staan en begon de inhoud van de fles over mijn rug te wrijven.

Jezus, het ruikt naar piña colada, zei ik tegen mezelf terwijl die zachte handen over mijn rug bleven wrijven.

Toen vonden ze mijn billen en ze kneep er giechelend in.

Toen bleef ze mijn benen helemaal naar beneden laten zakken.

"Voor het geval je het je afvraagt, slaaf, onze Meesteres dacht dat je een grote indruk op de anderen zou maken als je helemaal ingesmeerd was en dat is wat ik nu aandoe en het is een lekker voorproefje van de zomer, nietwaar? denk je? Mmm... je huid is lekker zacht en glad. Dat zullen ze leuk vinden... mmmmm"

Vervolgens bedekte hij mijn uitgestrekte armen volledig met olie tot aan mijn vingertoppen.

Nadat ik het over de zijkanten van mijn borst had gewreven, werd de fles geleegd en nam ze de tweede.

Deze keer wreef ze zachtjes over mijn nieuw gespierde borstspieren en ik kon de blik in haar ogen zien en ik wist dat ze mij wilde.

Ze sprong op mijn pik en ballen, maakte mijn benen af en knielde toen neer en pakte mijn pik hard vast en kneep erin totdat ik kreunde.

Toen zag ik haar lippen op mijn lid terwijl ze lichtjes op het puntje zoog.

Het was gewoon de normale beweging van een geile man toen ik een hand op haar achterhoofd legde terwijl mijn pik hard werd en ik hem in haar mond stopte.

Haar reactie was snel toen ze mijn lid beet en met haar rechterhand op mijn ballen sloeg.

Het enige wat ik me herinner was dat ik zo hard als ik kon schreeuwde: Oh shit! een paar keer en hoor dan de telefoon overgaan.

op mijn handen bleef zitten , nam Cindy de telefoon op.

"Ja mevrouw, het spijt me mevrouw. Hij probeerde mij orale seks te geven terwijl ik hem aan het oliën was. Ja mevrouw, ik zal zeggen ja, dat zullen we doen. Ja mevrouw ." was wat ik hem aan de telefoon hoorde zeggen.

"Nou, Peter, de Dames zijn niet blij met al het lawaai dat je maakte en als gevolg daarvan krijg je vijfenzeventig zweepslagen in plaats van de zestig die je de dag ervoor verdiende. En het beste is dat ik vijftien van de zweepslagen geef." die voor je optreden vanaf nu, dus schreeuw nog eens als je wilt. Als we deze kamer verlaten voor het feest, wil Meesteres je verdomde lul zo hard als een verdomde stalen staaf en ze wil dat je vecht als we dichterbij komen. Begrijp je het? slaaf?

"Ja, ik begrijp het," flapte ik eruit terwijl ik naar mijn pijnlijke pik en ballen keek.

Kom op.

Sta op.

Harder worden.

Ik heb geprobeerd hem rechtop te zetten, maar dat had niet veel succes.

Cindy knielde voor me neer en streek met haar zachte, olieachtige handen zachtjes over mijn pik en ballen gedurende wat een minuut of twee leek.

Alleen al door naar haar te kijken terwijl ze me helemaal insmeerde en haar mijn lid te laten strelen, bracht het leven daar terug.

Ze leek daar opgelucht over toen ze klaar was met het oliën van mijn lichaam en het flesje neerzette.

'Ga op je knieën, jongen! Snel, we zijn bijna te laat!'

Terwijl ik dat deed, ging ze achter me aan en begon op dat stuk hout op verschillende plaatsen stukjes touw vast te binden, zodat er op elke plek ongeveer 30 cm touw aan beide uiteinden van elk touw hing, waarvan ik er acht telde. Ik keek over mijn schouder om te zien wat er aan de hand was.

Toen tilde hij het hout op, grommend onder het gewicht, en bracht het naar het niveau van mijn schouder.

Het was een juk! Hij moest behandeld worden als een stuk vlees.

"Kantel je hoofd een kleine slaaf en strek je armen naar mij uit. Dit lijkt misschien zwaar, dus wees voorbereid."

Ik deed dat en vond het gewicht onmiddellijk zo ongemakkelijk en zo onstabiel dat het stuk omviel en het linkeruiteinde op de grond kwam te rusten.

'O, in godsnaam, Peter! Ben je zwak of zo? Je bent een verdomde idioot, nietwaar?'

Hij bond het touw snel om mijn armen, beginnend met het touw dat zich het dichtst bij mijn romp aan mijn rechterkant bevond, totdat ze alle vier strak om mijn arm zaten.

Ik probeerde mijn arm te draaien om hem los te maken, maar de enige beschikbare beweging was die van mijn hand.

'Wees voorzichtig als je je hoofd achterover legt, jongen, want er zit een bout in het hout vlak achter je hoofd. Spreid nu je knieën zodat ik dit in evenwicht kan brengen!'

Terwijl ik gehoorzaamde, ging hij naar de linkerkant, hield het hout en de arm eronder vast, trok het eruit en balanceerde het op mijn schouders.

Vervolgens bond hij het touw vast dat mijn armen op zijn plaats hield in vier verschillende, soortgelijke delen aan de rechterkant.

Oh shit, dit doet pijn, dacht ik terwijl ik het volle gewicht ervan voelde, evenals de buttplug, die weer tot leven was gekomen en mijn ingewanden eruit rukte.

Ik kreunde en kreunde een beetje, wat de Amazone leek te verrukken.

'Oké, laten we eens kijken of ik je kan helpen om zelf overeind te komen, in plaats van de tillift te gebruiken.' ' zei hij terwijl hij me rechtop begon te zetten en toen volgde ik zijn voorbeeld door mijn knieën te herschikken en vervolgens op te staan.

Ik negeerde de pijn zowel in mij als in mij en stond op.

Haha , wie is nu de zwakke, trut?

Cindy pakte het olieflesje weer op en drukte zichzelf tegen me aan zodat ik haar enorme tieten tegen mijn lichaam kon voelen en al snel zocht mijn pik naar welk deel van haar dan ook.

'Breng je me later naar huis, Peter? Ik wil dat je me meeneemt en ik zal het de moeite waard maken.'

Meende ze dat of speelt ze met mij?

Het maakte niet uit, want het had het gewenste effect dat het me zo hard en rechtop maakte dat ik wist dat het de moeilijkste erectie was die ik de hele dag had gehad.

Daarna deed hij een kleine aanraking over mijn hele lichaam om er zeker van te zijn dat alles op zijn plaats zat.

Nadat ze op mijn pik was klaargekomen, kreunde Cindy bij wat ze zag.

Toen zette hij de fles neer en ging op zoek naar het touw.

Hij had twee lussen van opgerold touw, die hij aan weerszijden van mij plaatste.

Het was niet zoals het dikke nylon touw dat mijn armen op zijn plaats hield, maar kleiner, zoals een waslijntouw.

Twee keer bond hij met al zijn kracht het ene uiteinde van elk opgerold touw aan een van mijn duimen, waarbij hij de knopen strakker trok totdat ik elke keer dat hij dat deed, kreunde.

Hij rolde elk stuk touw af en hield ze als teugels vast.

"Als ze ons nu naar het feest roepen, trek ik je naar hen toe en ik wil dat je voor de Dames vecht, maar niet zo hard dat je valt. We willen dat je vecht zodat iedereen opgewonden raakt. Begrijp je dat? Peter? Oh, shit, ik vergeet het bijna.'

'Ja, Cindy, ik begrijp het. Ik ben het wilde dier aan de lijn.' Ik reageerde terwijl ik haar naar een kast zag rennen, waaruit ze een stuk ketting tevoorschijn haalde en, fuck nee, stalen boeien.

Ze trok een elastische band waarmee ze de sleutel van de armband over haar rechterpols hield terwijl ze naar me toe rende.

"Snel Peter, zet je voeten bij elkaar!" Ze bestelde en ik wist dat de show ging beginnen.

Hij hurkte neer en plaatste zijn boeien om elke enkel en sloot ze op hun plaats.

De klik die elk slot maakte, leek zo luid als een schreeuw.

Toen ze voor me knielde, stopte ze mijn pik in haar mond en zoog ze een paar seconden hard, waarvan ik wenste dat het eeuwig zou duren.

'Dat was om je meer op te vrolijken,' zei ze, terwijl ze mijn lichaam aanraakte met de olie die ze in haar mond nam.

Net toen hij opstond, ging de garagedeur open en een stroom hete lucht raakte onze lichamen.

Cindy paste het stuk rode stof aan dat haar kutje zonder veel succes probeerde te bedekken en zorgde ervoor dat haar ketting goed uitgelijnd was.

"Klaar, Petrus?"

"Laten we het doen, verdomde trut!" Ik antwoordde.

Hij keek me boos aan, pakte toen de twee touwen op die aan mijn duimen vastzaten, trok ze strak en sleepte me worstelend de middagzon in.

HOOFDSTUK IV

"Verdomme... stop met zo verdomd snel te trekken," fluisterde ik tegen Cindy.

Toen gingen mijn jukteugels los en merkte ik dat Cindy was blijven staan toen ze linksaf sloeg in de richting van de Fiesta en naar de drie naderende mannetjes keek, elk met een rol touw of leren riemen.

Ze waren naakt, afgezien van een kleine leren lendendoek die hun geslachtsdelen bedekte.

Ze waren alle drie ongeveer even groot en oud als ik en droegen ook allemaal een halsketting die identiek was aan de ketting die ik droeg.

'We halen hem hier weg, slaaf Cindy. Je moet je onmiddellijk melden bij slaaf Ken,' zei een van hen.

"Nee, hij is hier nog niet klaar voor. Peter, ik wist het niet! Ren! Ga weg! Nu!" Cindy smeekte mij.

Ik wilde me omdraaien om weg te gaan, maar twee van de mannelijke slaven hadden me al ingehaald en het touw aan mijn duimen vastgegrepen.

Hoewel ik met de ketting aan mijn voeten toch geen vijf stappen had kunnen lopen.

In de verte zag ik een groep vrouwen die de situatie waarin ik me bevond nauwlettend in de gaten hielden en vooraan in de groep stond Meesteres Lucy.

Toen besefte ik dat Cindy liep, nee, wegrende met haar hoofd naar beneden, en ik denk dat ze huilde.

Waar ben ik in verzeild geraakt?

Wat een idioot ben ik.

Toen brachten mijn situatie en degenen die mij hadden, mij terug naar de realiteit.

"Gegroet slaaf Peter, ik ben slaaf James en deze twee heren zijn slaven Bob en Frank. Geef ons alsjeblieft geen probleem, Peter, dan is er voor jou geen probleem."

"Waarom ga je niet weg? Laat me met rust! Niets van dit alles is besproken met mevrouw Lucy, dus ik ga weg", schreeuwde ik tegen degene die James heette.

'Houd hem stevig vast,' zei James tegen de anderen zonder zelfs maar naar mij te kijken.

Vervolgens pakte ze de schacht van mijn penis vast, die alles behalve rechtop stond, trok er hard aan en maakte een knoopje van een touwtje los dat net achter het hoofd strak werd getrokken.

Toen trok hij het touw zo strak dat ik een lange, luide schreeuw liet horen.

"Dat doet pijn, klootzak, doe hem af, doe hem af!" Ik schreeuwde en vocht met alle macht.

Toen ik dat deed, keek ik over het gazon en zag de vrouwen kijken terwijl ze een glas wijn dronken.

Het leek erop dat er andere naakte slaven waren, waarschijnlijk als bedienden, en zij hielden ook alles in de gaten.

"Voor zover je weet was het mevrouw Lucy die opdracht gaf tot deze situatie. Je zou trots moeten zijn, aangezien dit nooit op de eerste dag is gebeurd en als je haar overtreft, wordt ze met alle rechten lid van de Groep Elite. Nu kun jij zal je vermaken en je zult anderen een plezier doen door te vechten. Beschouw ons gewoon als je broederslaven die hier zijn om je vanavond gewoon te helpen, ha ha. En het spijt ons echt voor wat er gaat gebeuren. Oké jongens, verwijder het touw van je duimen en doe de bandjes aan de halsband. Ik moet de nieuweling meenemen en tenzij hij het uiteinde van zijn pik wil verliezen, zal hij zich gedragen.'

Oh God wat heb ik gedaan?

Wat ga je met mij doen?

Ik keek naar al mijn ontvoerders in de hoop dat ze zich daardoor rot zouden voelen, maar het enige wat ik deed was ze boos maken en ze trokken aan de riemen die ze allemaal om me heen hadden.

De drie keken elkaar aan, knikten en wendden zich tot de Dames, waarbij ze op één knie vielen, met hun hoofden naar beneden, terwijl ze allebei met hun rechterhand de riem in de lucht hielden.

Ik keek naar mijn drie ontvoerders en vroeg me af wat er in vredesnaam aan de hand was.

James stond voor me en hield de halsband vast en Bob zat aan mijn linkerkant en Frank aan mijn rechterkant, elk met de halsband vast.

Ongeveer dertig meter in een rechte lijn, onder een grote luifel om hen tegen de hete zon te beschermen, hadden de Dames een rij stoelen neergezet, waarvan er twee voorin bezet waren door mevrouw Lucy en een andere Afro-Amerikaanse vrouw.

Alle dames droegen een soortgelijk eenvoudig zwart jurkje met gouden accessoires en zwarte laarzen.

De vrouw naast Lucy stond op, draaide zich om en wees naar een knielende slaaf en gebaarde dat ze dichterbij moest komen.

Een lange, goed gebruinde en geoliede slavin met lang steil zwart haar stond op en stond met haar hoofd gebogen voor Meesteres Lucy en de zwarte dame.

Elk van de twee dames gaf hem een voorwerp dat hij in elke hand hield, draaide zich vervolgens om en liep naar ons toe.

Oh God, ze is ook mooi, dacht ik, en toen ik haar met Cindy vergeleek, viel het me op dat ze even lang was, maar in een veel betere conditie, wat allemaal werd geaccentueerd door haar gebruinde, geoliede huid.

Toen herkende ik haar.

Ze was juridisch adviseur van de plaatselijke First Nation Indianenstam en was zelf een Native American.

Toen ik om me heen keek, besefte ik dat alleen deze vrouw, een paar knielende slaven, en ik ingevet waren.

Geen van mijn ontvoerders was dat.

"Oh shit, fuck maatje. Het is Angela. Ze snijdt je ballen eraf als je het haar moeilijk maakt," zei Bob.

'Het spijt me, Peter, maar het is beter dat jij het bent dan wij,' zei James, waar Frank het ook mee eens was.

Ik keek met een zelfverzekerde blik en een glimlach op haar gezicht naar de vrouw die op ons afkwam.

Ze droeg ook een stuk rode stof, dat haar kruis probeerde te verbergen maar niets bedekte, en een gouden ketting die het om haar heupen hield en niets anders, geen schoenen of oorbellen, en ze droeg ook veel make-up, zoals Cindy.

Ik merkte dat hij in zijn rechterhand een bruine zweep vasthield en in zijn linkerhand iets dat ik niet kon zien.

Toen ze dichterbij kwam, begon ik achteruit te gaan en begon te worstelen met de vastgemaakte riemen, waardoor mijn drie ontvoerders opstonden en me op mijn plaats hielden door me terug te trekken.

'Laat die verdomde touwen los, klootzakken. Laat me gaan! Laat me hier weg! In godsnaam, jongens, jullie laten me nu vrij.'

Ik schreeuwde dit zo hard als ik kon en besefte dat Angela nu naar ons toe rende, terwijl het zwarte haar achter haar danste en ons bijna inhaalde.

De hete zon leek zijn geoliede huid te verblinden, wat dwaas was om aan te denken in plaats van te proberen een ontsnapping uit mijn hachelijke situatie te vinden.

'Doe je grote mond open, jongen,' zei ze met een diepe, krachtige stem terwijl ze mijn linkerarm vastpakte. 'We willen toch niet dat de buren het nu horen?'

"Fuck jij zwarte hoer, ik wil hier weg!"

Ik besefte meteen dat ik niets had moeten zeggen, vooral vanwege de denigrerende namen over haar Afrikaanse afkomst, maar ze glimlachte alleen maar om mijn opmerkingen.

'Als je zo doorgaat, ben je dood, jij verdomde stuk vlees,' fluisterde hij in mijn linkeroor. 'Open nu je verdomde mond, jongen,' schreeuwde hij terwijl hij naar James knikte.

De pijn van het harde trekken aan de pikband en het feit dat Angela mijn hoofd aan mijn haar naar achteren trok, zodat mijn hoofd de bout in het hout raakte, zorgde ervoor dat ik met mijn mond open schreeuwde.

Op dat moment stak ze een groot stuk geweven leer in mijn mond, dat ze onmiddellijk achter mijn hoofd vouwde tot een zo grof mogelijke knoop.

"Hoe gaat het met deze hoer?" blafte ze.

Zo goed als ik kon, reageerde ik via de grap en zei:

"Fuck you, walgelijke trut! Haal dat ding van me af! Ik wil hier weg", en hoewel mijn antwoord klonk als... Hmphhh... hmphhh... hmphhh, was de betekenis ervan voor haar duidelijk waarneembaar terwijl zijn open hand zich tot een vuist balde terwijl hij probeerde de situatie onder controle te krijgen.

"James, geef me de riem en neem dan je twee kleine vrienden en hun riemen en rot op. Meesteres Lucy en Meesteres Samantha zijn van gedachten veranderd over entertainment, om eerlijk te zijn tegenover Peter is dit nooit besproken." met hem. Angela heeft besteld.

'Maar ik...' stotterde hij en bedacht zich.

Hij knikte naar zijn twee assistenten en ze begonnen allebei naar de rest van de groep te lopen.

Angela wendde zich tot de groep dames en hief met open hand haar linkerarm op om 5 minuten aan te geven.

Vervolgens draaide hij zich naar mij toe en pakte de D-ring aan de voorkant van mijn nek, waaraan hij trok en me terugsleepte naar de bijkeuken die ik een paar minuten geleden met Cindy had verlaten.

Ze legde me weer op de mat en ging naar een kast om nog een fles lichaamsolie te halen, die ze terugbracht en voor me ging staan.

"Nu Peter, we hebben nog maar een paar minuten, dus laat me je even bijpraten. Je Meesteres heeft de inzet bij wijze van spreken verhoogd en jou als haar ticket aangeboden om snel naar een Elite-status te gaan in het Pleasure of Pain. Heb je het gehoord? Wat maakt het uit wat jij denkt? Heb jij ermee ingestemd haar slaaf te zijn, Peter? Ben jij ermee akkoord gegaan om als haar slaaf het feest bij te wonen? Geef dat aan door met je hoofd te knikken als dat waar is!'

Ik knikte ja.

'Nou, dat maakt de zaak vast. Ik was bang dat je angst reëel was, maar je hebt een contract getekend met Lucy, en op dit moment kan ik er niets aan doen. Maar je gaat betalen. voor je uitbarstingen, en ik ga ervoor zorgen dat je je contract met je Meesteres nakomt. Weet je wie ik ben?

Ik knikte opnieuw, dus maakte ze het touw los van de eikel van mijn penis.

'Daar, die riem heb ik niet nodig. Ik denk dat die drie zwakkelingen dachten dat dat indruk zou maken; het moet een mannending zijn. Voelt dat beter, Peter? Vind je het leuk om het hele gewicht van het juk op je schouders te dragen? was mijn idee toen ze me vertelden over je fysieke eigenschappen. Ik hoop dat het je veel pijn doet, want de opmerkingen die je over mij maakte, deden me pijn en zullen naar je worden teruggestuurd.'

Hij leek rond te dwalen en mij vragen te stellen, maar verwachtte nooit een antwoord omdat hij gekneveld was of zijn hoofd schudde, dus ik dacht dat het het beste was om zo te blijven en niets te doen.

Terwijl ze sprak, maakte ze het harnas los dat ze droeg en trok langzaam de plug uit mijn kont, maar ze toonde geen enkele zorg bij het verwijderen van mijn ballen en pik uit de ring, waardoor ik schreeuwde en op de knevel beet.

Toen de stekker er eenmaal uit was, gooide ze alles op de mat.

Haar zachte handen gleden over mijn kont, ballen en zachtjes over mijn pik, die meer dan los zat dan de riem die eraan vastzat.

"Voelt dit beter Peter?" zij vroeg.

Ik knikte bij het bevestigende gevoel terwijl mijn spieren zich ontspanden nadat de plug was verwijderd.

Ze lachte zachtjes en zei:

"Nou, dat is goed, dus je kunt er maar beter van genieten zolang je kunt, want ik heb iets sinisters gepland voor de show. En nu we het daarover hebben, we kunnen maar beter gaan, anders zijn we allebei bezig, Peter, om gewoon te stoppen. "Voor zover je weet is de zweep die ik heb gemaakt van berkenhout, wat veel lawaai geeft, maar weinig schade, maar de zwepen die anderen bij je zullen gebruiken zijn voornamelijk gemaakt van geolied kalfsleer en veroorzaken behoorlijke pijn, dus wees voorzichtig Maar de twee typen zullen geen blijvende sporen op je lichaam achterlaten. Je zult me de rest van de nacht gehoorzamen, omdat het gemakkelijker voor je zal zijn en je het contract dat je met je Meesteres hebt gesloten niet zult vergeten. Het eerste wat ik zal doen is om u kennis te laten maken met de Dames, van wie de meesten hoge publieke of professionele posities bekleden en voorlopig hun identiteit en deelname geheim willen houden. Aan het hoofd van deze show staat Lady Samantha, die naast Lady Lucy zit en moet 100% worden nageleefd. Bij haar is er geen ruimte voor fouten, doe gewoon wat Peter zegt. Begrijp je Petrus? "

Ik knikte opnieuw, en terwijl ik dat deed, zag ik hoe Angela de olie op haar lichaam aanraakte en zodra het op haar gebruinde huid lag, leek het de kamer te verlichten.

Mijn zwakke lid begon weer tot leven te komen omdat het het plezier weerspiegelde dat ik in mijn ogen zag van de mooie vrouw voor mij.

Toen kwam hij naar me toe en begon olie over mijn borst, tepels en buikspieren te wrijven.

Vervolgens pakte ze mijn lid vast en begon het te strelen totdat ze voelde dat de erectie een tijdje zou aanhouden.

"Het is jammer dat ik je niet heb gevonden voordat Lucy dat deed, of dat ik vandaag niet degene ben die lidmaatschap zoekt, aangezien alle vrouwen die Pleasure of Pain binnengaan, als slaven van een Meesteres moeten binnenkomen totdat ze een mannelijke slaaf vinden." dat ik ze zou dienen. Had jij graag mijn slaaf willen zijn, Peter?

Omdat ik niet zeker was van het antwoord waarnaar hij op zoek was, knikte ik en toen sloeg zijn rechterhand drie keer harder op mijn linkerwang dan de andere.

Toen ging ze snel achter me staan en dwong me naar de open deur te kijken.

"Verdomd varken! Toon je geen loyaliteit aan je Meesteres of probeer je me alleen maar te sussen? Wat ben je een idioot, Peter! Nu zijn we klaar om verder te gaan en zul je mijn mondelinge bevelen opvolgen zonder dat je een riem hoeft te gebruiken en doe Probeer niets om te anticiperen op wat er gaat gebeuren of in welke richting je moet gaan. Als je ongehoorzaam bent of geen goede show opvoert, gebruik ik het handvat van mijn zweep en ik denk echt niet dat je dat wilt doe dat, want als ik het doe, zal het een blijvende indruk achterlaten. Klaar jongen! Ga je gang!"

Net toen ze me vroeg of ik er klaar voor was , gaf de zweep me een klap op mijn kont die het beloofde harde geluid maakte, maar een verrassend aangename steek die mijn pik tevreden moet hebben gesteld toen hij nog harder overeind kwam dan voorheen.

Toen we buiten het gebouw waren, kwamen er nog drie zweepslagen zwaar op mijn rug terecht die pijn deden, waardoor ik in mijn knevel schreeuwde en me achteruit deinsde, maar me niet omdraaide.

Deze actie zorgde alleen maar voor een nieuwe klap op mijn billen en toen beval hij mij linksaf te slaan.

Toen ik dat eenmaal had gedaan, zei ze dat ik moest vluchten, wat onmogelijk was omdat ik vastgeketend was, maar Angela leek daar geen aandacht aan te besteden en bleef op mijn rug, kont en dijen slaan, terwijl ik bleef worstelen en in mijn knevel schreeuwde.

'Ga rechtstreeks naar Meesteres Lucy,' beval hij.

Ik keek op tussen de slagen door en keek tegelijkertijd naar de vloer op zoek naar gebreken erin, omdat ik niet wilde uitglijden, en toen ik mijn Meesteres zag, ging ik naar haar toe.

Hij sprak met een zwarte Meesteres naast hem, aan zijn linkerkant, van wie ik aannam dat het Meesteres Samantha was en die het leek eens te zijn met de goedkeuring van Lucy's uitverkoren slaaf, ik.

Toen ik dichterbij kwam, zag ik rechts van mij een houten constructie.

Een galg?

Oh shit.

"Sta op, slaaf," beval Angela toen ze vijf stappen verwijderd was van mijn minnares Lucy.

Toen bewoog ze zich naar mij toe en gaf een harde klap op mijn nog steeds stijve pik.

"Op je knieën als je voor je Meesteres staat!"

Ik viel op mijn knieën en kreeg onmiddellijk nog drie zware zweepslagen op mijn rug die pijn deden, maar me meer plezier gaven dan voorheen, maar ik kon mijn stijve penis niet begrijpen of zien.

Ik hoorde een bevel, dat volgens mij van Angela was, om mijn hoofd te laten zakken totdat het de grond raakte en het daar te houden.

Terwijl ik dat deed, zorgde het gewicht van het stuk hout op mijn rug ervoor dat ik schreeuwde en opnieuw een klap kreeg.

Toen werd alles stil gedurende een periode van ongeveer tien seconden die een eeuwigheid leek te duren, en een stem waarvan ik aannam dat het Meesteres Samantha was vanwege haar nabijheid en gezaghebbende stem, begon te spreken.

"Dames, welkom bij deze speciale bijeenkomst van de Pain Pleasure Group. We zijn hier om Lucy officieel te erkennen als ons nieuwe elitelid en we feliciteren haar met haar keuze voor een slaaf, waarvan ik zeker weet dat ze er veel plezier aan zal beleven. Jullie zien er allemaal geweldig uit 'Dames, zo ingesmeerd en klaar voor onze zwepen? Lucy, er is een openstaande kwestie van slavendiscipline waarvan ik weet dat je die nu zult oplossen. Wat heb je gekozen?'

"Dank u, Meesteres Samantha, voor al uw vriendelijke woorden. Ik zal iedereen laten zien dat ik als echte dominante en professional een leider ben en zal zijn van alle mannen, die allemaal inferieur aan ons zijn. Slaaf Peter! Hij koos de zijne eerste straf die wordt opgeschort bij je eerste deelname. Je maakt kennis met elke aanwezige Meesteres en hun zwepen, te beginnen met Meesteres Samantha en eindigend met mijzelf, wat in totaal elf lessen betekent. Daarna volgt de finale, die zal plaatsvinden alleen zal ik The Final Torment noemen, aangezien het iets nieuws is dat Angela en ik hebben gecreëerd. Alle slaven, behalve slaaf Cindy, gaan onmiddellijk naar de wachtkamer in de kelder aangezien ze de eerste straf van de nieuwe slaaf Peter."

Toen de Dominatrix klaar was, hoorde ik een gemompel van tevredenheid en applaus, dat anders was dan de eerste geluiden, die afkomstig moesten zijn van de slaven achter elk van hun Meesteressen.

Niemand heeft ooit zoveel les gehad, werd gefluisterd door een slaaf.

De Meesteres zei:

"Goed gedaan Lucy, wat een fantastisch lichaam heeft jouw jongen."

Er werd mij niet gevraagd en ik ging er ook niet van uit dat mij werd gevraagd of ik instemde met het geplande entertainment, aangezien ik bovenal hun slaaf wilde zijn.

" Kom op Peter, het wordt tijd dat je je klaarmaakt om alle Meesteressen te begroeten!" Angela heeft besteld.

Ik probeerde mijn hoofd op te heffen, maar het gewicht van het juk op mijn schouders en mijn uitputting lieten mij dat niet toe. Angela vroeg slaaf Cindy om te komen helpen, en de twee pakten het ene uiteinde van het juk en tilden me met gemak op.

Toen ik opstond, keek ik om me heen en zag de slaven weggaan en de Meesteressen in kleine groepjes zich vermaken met wijn en hors d'oeuvres en ik bedacht hoezeer ik een drankje nodig had.

Ik keek naar Cindy en glimlachte door mijn knevel heen, in een poging te suggereren dat ik niet boos op haar was vanwege de verrassende opeenvolging van gebeurtenissen.

Hij keek me in de ogen en kneep toen zachtjes in mijn arm.

Angela sleepte me aan een D-ring in mijn nek tot ik precies onder de uitgestrekte arm van de galg stond.

Toen ik daar stond, keek ik omhoog en zag een kabel met een veiligheidshaak eraan. Toen hoorde ik een motor en zag hoe de haak naar beneden kwam en net onder mijn hoofd eindigde.

Wat zei de dame?

Schorsing en deelname en nog iets anders?

Ik moet meer opletten.

'Cindy, maak de touwen om zijn pols en onderarm aan dat uiteinde van het juk los en ik zal het aan dit andere uiteinde doen. We moeten de ophangboeien om de jongen doen en dan de ophangstang voor hem. Zodra dat is gebeurd Als het klaar is, zal ik het doen.' 'We zullen het houten juk losmaken en opbergen. Meesteres Lucy wil geen tijd meer verspillen.' zei Angela.

Toen deden ze dikke leren manchetten om mijn polsen en ik wist waar ze voor waren, aangezien ik de fetisjadvertenties op internet had gecontroleerd.

Eenmaal onderweg tilde Angela een zware stalen staaf van ongeveer twee meter lang voor me op.

Het had kettingen met karabijnhaken aan elk uiteinde, en een zware ring in het midden.

Cindy knipte snel de haken aan elke ketting aan de bovenkant van de boeien vast die mijn polsen vasthielden en zodra de tweede in beweging was, liet Angela de stang langzaam zakken totdat ik hem alleen vasthield.

Het extra gewicht op mijn lichaam en armen zorgde ervoor dat ik luid kreunde in mijn knevel en ik merkte dat Lucy naar mij keek en de groep waarmee ik was begon te glimlachen en lachen.

Angela en Cindy kwamen snel in actie om het juk te verwijderen, waardoor ik me veel beter voelde en zelfs nadat ze de stang over mijn hoofd hadden getild en de ring aan de karabijnhaak hadden gezet, voelde ik de druk van mijn lichaam weggenomen worden.

Angela kwam naar me toe en fluisterde zodat niemand, zelfs Cindy niet, het kon horen:

"Slaaf, ik zal nu je prop verwijderen en je water geven voordat de introductie plaatsvindt. Als je je niet gedraagt voor de nacht, is het eerlijk gezegd voorbij en zal ik je beide tepels afsnijden. Begrepen?"

Ik knikte enthousiast en zei ja, terwijl ik me naar haar toe draaide en wilde drinken en mijn tepels wilde vasthouden.

Ik merkte dat de stang waar mijn armen aan hingen met mij meedraaide toen ik dit deed en toen ik naar boven keek, begreep ik waarom de karabijnhaak een ingebouwde wartel had, zodat hij in elke richting kon draaien.

Cindy haalde toen de prop uit mijn mond en terwijl ze achter me stond, drukte ze zachtjes haar borsten tegen mijn rug, waardoor een kreun van genot uit mijn lippen ontsnapte.

Godzijdank had Angela daar niets van gehoord of gezien, zei ik tegen mezelf.

Angela bracht vervolgens een fles water naar mijn lippen, waarvan ik probeerde het hele ding door te slikken, maar ik mocht maar een paar slokjes nemen.

'Sorry, Peter,' zei Angela, 'maar ik kan je maar een paar slokjes geven, anders krijg je misschien kramp of wordt je zelfs ziek. Oh, Cindy, geweldig, je hebt het spreidstang voor haar voeten. Laten we het pakken. Het gaat snel, Peter. Onthoud wat ik zei over schreeuwen.'

Eerst opende Cindy het slot aan mijn voeten met de sleutel die ze in een armband had bewaard, en toen pakten de twee meisjes snel de stang, die ongeveer een meter lang moest zijn, en maakten een leren riempje aan elke enkel vast.

Terwijl dit gebeurde, wist ik waarom Angela me eraan had herinnerd om te schreeuwen, omdat ik niet alleen van de bar was weggelopen, maar ik nu in een gespreide adelaarspositie aan de vloer hing en aan mijn polsen bungelde.

Het enige wat ik kon doen was mijn tanden op elkaar zetten en zo zacht mogelijk kreunen.

Angela testte vervolgens mijn situatie door langzaam heen en weer te bewegen en mij vervolgens één keer te draaien om er zeker van te zijn dat de draai werkte.

Toen hij mij tegenover de Meesteressen aankeek, zei hij:

"Slaaf, je zult knielen voordat je elke Meesteres begroet en je hoofd gebogen houden, de ogen neergeslagen. Je zult haar begroeten als ze voor je staat en je zult dat doen: 'Gegroet, Meesteres, ik ben Meesteres Lucy's slaaf Peter.' Dan zij zij.' zal ons de opdracht geven om u op beide benen of geheel zwevend te laten staan en dan zal zij u formeel haar zweep en andere zaken overhandigen. Alle Meesteressen hebben daar toestemming voor. Ze zullen u zo vaak als zij willen, vanaf de schouders slaan tot de tenen, voeten, maar voor je penis mag je alleen een zweep gebruiken. Denk eraan niet te huilen Peter, anders zullen ze harder voor je zijn. Begrijp je Peter?

'Ja, Angela, ik begrijp het,' zei ik, maar ik durfde haar niet te vragen wat 'en andere dingen' betekende.

"Slaaf, ik wil dat je iets voor mij doet. Stel dat je net aangereden bent, draai dan een halve slag naar links. NU!"

Ik moest het een paar keer proberen totdat ik het goed had, want ik ging de eerste keer te ver en de volgende paar keer niet ver genoeg of draaide me helemaal om.

Toen zetten ze me op mijn tenen en moesten het proces herhalen totdat ik het goed had.

Terwijl ik les kreeg in deze spintechniek, had Cindy een tafel voor me neergezet met daarop flagellatoren van verschillende soorten en kleuren en een groot glazen aquarium gevuld met houten tangen.

Angela knikte toen naar Cindy om naast mij te komen staan en toen liep Angela naar de Meesteressen.

Fuck, ze is zo mooi en dat geldt ook voor Cindy en alle Meesteressen, dacht ik terwijl Cindy mijn pik weer begon te strelen om hem moeilijk te houden, denk ik.

"Wees dapper Peter en het zal snel voorbij zijn. Ik hou van je Peter", fluisterde ze.

HOOFDSTUK V

Een rilling liep door mijn lichaam terwijl ik daar stond te wachten op mijn lot, op zijn plaats gehouden door Cindy terwijl ze zachtjes mijn mannelijkheid streelde.

Ik herinner me dat ik uitkeek over het meer en de zeilboten die op een steeds kalmer wordende waterbodem naar huis gingen.

De eerste gedachten aan de avond begonnen vaste grond te krijgen en ik wist dat het over minder dan een uur donker zou zijn en ik vroeg me af waar de tijd gebleven was.

'Maak je klaar. Ze komen eraan,' beval Angela Cindy terwijl ik terugkeerde naar de realiteit.

Ik had Angela's terugkeer niet opgemerkt en toen ik me naar haar toe draaide, sloeg ze me hard op mijn billen en giechelde.

"Ik kan nauwelijks wachten om te zien of je het het komende uur gaat redden, want je kunt maar beter alle dames warm en nat maken tijdens je optreden. Nu, Cindy, zet deze slet op haar knieën voordat ze hier zijn. En Peter, onthoud wat ik je heb verteld".

Mijn gespreide adelaarslichaam werd met de hulp van Cindy op mijn knieën gesteund, omdat ik niet zeker wist hoe ik het beste in positie kon komen.

Op mijn knieën hield ik mijn hoofd naar beneden, zoals Angela had bevolen, maar ik wist uit het perifere zicht dat ik had en uit hun stemmen dat ze nu voor ons stonden.

"Dames van Pleasure of Pain, ik bied mijn slaaf, slaaf Peter, ter overweging aan. Gebruik hem alstublieft goed. Na het voltooien van mijn waardeloze mannentest zal er een speciale show voor jullie zijn die Angela zo vriendelijk heeft voorbereid." "Lady Samantha , alstublieft, begin zo vriendelijk met de ceremonie."

Iedereen was stil voor mij en ik kon Meesteres Samantha horen toen ze dichterbij kwam en zelfs toen ze de tang uit de kom haalde.

Een van de Dames zei toen zachtjes tegen een andere persoon:

"Ah, de angel, ze zal het testen."

Bevestigend gemompel gedurende de hele vergadering.

Toen ze voor me stond, vertelde ik haar wat Angela mij had verteld:

"Gegroet, Meesteres, ik ben Peter, de slaaf van Meesteres Lucy."

'Hef je hoofd op en kijk naar mij, slaaf,' beval hij.

Terwijl hij langzaam zijn hoofd ophief, merkte ik dat hij in zijn linkerhand twee wasknijpers vasthield en in zijn rechter een donkerrode leren zweep.

De zweep zag eruit als een korte, gevlochten zweep, maar aan het uiteinde had hij een extra lengte van negen staarten gemaakt van leer, bijna zo groot als een touw, elk aan het uiteinde geknoopt.

'Wat de fuck,' dacht ik.

Hoe naïef ik ook ben, ik wist dat de zweep die hij vasthield niet de geseling was die Angela had beschreven.

Ik keek naar Angela en ze glimlachte op een nauwelijks onschuldige manier en haalde haar schouders op.

'Die trut zal op een dag krijgen waar ze naar op zoek is.'

Ik wist dat het meer pijn zou doen dan ik eerder had uitgelegd, maar ik ging het op elke mogelijke manier aanpakken om Angela te laten zien dat ik het kon verdragen.

Meesteres Samantha had deze interactie gezien en barstte in lachen uit.

"Dames, het lijkt erop dat deze slaaf niet alles over de show van vanavond heeft verteld, maar hij heeft ermee ingestemd hier te zijn en dit zal een goede les voor hem zijn. Laten we wachten op een verbijsterde slaaf!"

" Peter, slaaf, ben je het ermee eens dat je ondergeschikt bent aan alle vrouwen, dat alle vrouwen superieur zijn aan mannen, dat je alle vrouwen zult dienen en gehoorzamen, waar je ook bent, en dat je zult leren de Pleasure-beweging van Pijn te steunen ?"

'Ja, mevrouw Samantha, ik ben het ermee eens,' antwoordde ik.

"Weet je wie ik ben, slaaf, en wat ik doe?"

'Ja, mevrouw. U heeft uw eigen advocatenkantoor in Maine waar ik gebruik van heb gemaakt, maar ik heb alleen met uw personeel te maken gehad.'

"Onze deelname aan deze Groep moet vertrouwelijk zijn. Begrijp je Peter en kunnen we erop rekenen dat we het geheim houden?"

"Ik begrijp dat de dame en ik alles altijd vertrouwelijk zullen houden."

"Heb je de zoete nectar van een zwarte godin, slaaf, geproefd en wil je dat doen?" zij vroeg.

'Ja, mevrouw Samantha, dat doe ik.'

Zodra ik deze woorden uitsprak, ging de hand die de zweep vasthield naar de achterkant van mijn hoofd en duwde hem richting haar wachtende poesje dat door haar andere hand blootgelegd was toen ze haar jurk optilde.

Mijn tong zocht onmiddellijk haar clitoris op, die heet was en in de sekssappen zwom, en terwijl ik eraan likte, voelde ik hem verharden en groeien.

Zonder toestemming te vragen, draaide ik mijn hoofd een beetje, opende de mond rond haar geslacht en begon het allemaal in steeds sneller tempo in me op te nemen.

Een paar seconden lang sloeg ze haar kutje in mijn gezicht en duwde me toen ruw.

'Ah, trut,' schreeuwde hij en sloeg met zijn zweep in mijn gezicht. "Lucy, je hebt het heel goed gedaan... niet alleen is het lichaam van deze slet gemaakt om ons te dienen, maar ik geloof dat haar geest ook klaar is om ons te dienen."

Meesteres Samantha deed een stap achteruit en Angela, kijkend naar haar slaaf, zei: "Klaar", en overhandigde toen de twee wasknijpers aan Cindy.

Ik werd volledig van de grond getild, volledig opgehangen in deze wild gespreide adelaarshouding, met mijn gezicht naar het hoofd van deze Pain Pleasure Group.

Ik zag dat Cindy enigszins nadenkend naar de wasknijpers keek en vervolgens een op mijn linkertepel en een andere op mijn eierzak zette, waardoor een zachte kreun mijn lippen verliet.

Terwijl dit gebeurde, keek ik naar Samantha, die er ongelooflijk wild uitzag, en ik voelde dat mijn pik hard werd.

'Kijk, dames! De hoer betuigt mij al netjes haar respect.'

Onmiddellijk nadat hij dit had gezegd, sloeg hij mij hard op mijn rechterdij en vervolgens opnieuw op mijn linkerdij, waardoor ik met mijn boeien worstelde, maar geen geluid maakte tussen mijn opeengeklemde tanden.

'Angela, draai je om, alsjeblieft,' beval Samantha.

Angela siste toen luid genoeg in mijn oor zodat iedereen het kon horen.

'Draai je om, jij verdomde trut, en wees snel.'

Met al mijn kracht draaide ik me snel zo voorzichtig mogelijk om, terwijl ik aan Angela dacht en tegen mezelf zei:

'Ik ga dat kreng voor mezelf hebben.'

Natuurlijk is ze onder andere omstandigheden misschien een beetje aardiger.

Toen ik de bocht had voltooid, keek ik Angela in de ogen en probeerde haar zonder veel succes te vermoorden.

Toen gaf Samantha me twee harde zweepslagen op de rug met haar zweep en toen wist ik waarom ze het de angel noemden.

Het was alsof ik bij elke slag de negen staarten van de zweep mijn lichaam voelde binnendringen, maar toch was er een tintelend gevoel dat bijna meer leek te eisen.

Toen mijn innerlijke worsteling tot bedaren kwam, hoorde ik Samantha zeggen: 'Klaar, Angela?' en toen hoorde ik een stilte van de menigte dames die zich vlakbij had verzameld.

Ik keek naar beneden en zag hoe Angela naar mij toe leunde en mijn stijve pik in haar mond nam, werkend totdat ze hem precies had zoals ze het wilde, en toen hief ze haar rechterhand op.

Op dat moment explodeerde mijn wereld met een reeks harde klappen op mijn billen en Angela's tanden die zo hard in mijn pik knepen dat ik dacht dat ze hem zou afsnijden.

Ik schreeuwde niet, maar mijn gekreun door opeengeklemde tanden klonk alsof ik op aarde kauwde.

Terwijl ik worstelde in deze positie van totale slavernij, bleef Angela op mijn penis bijten totdat Meesteres Samantha sprak:

'Angela, hou op. Je wordt later gestraft voor deze uitbarsting. Wat dacht je in vredesnaam, vrouw?'

Toen stond ik op, keerde me, met de hulp van Cindy, naar de Groep en ging opnieuw op mijn knieën.

Terwijl ze haar hoofd boog, sprak mijn meesteres tot de groep:

'De volgende is onze gast van buiten het district, mevrouw Victoria, die heeft geholpen bij het opzetten van onze Lokale Groep. Mevrouw Victoria, alstublieft.'

"Gegroet, meesteres, ik ben de slaaf van Meesteres Lucy", zei ik terwijl ze voor me stond.

'Hef je hoofd omhoog, jongen! Weet je wie ik ben?'

Toen ik mijn hoofd ophief, zag ik de twee wasknijpers weer, maar deze keer hield haar rechterhand een kleine zweep vast en mijn hart zonk in de schoenen, maar het kostte mijn mannelijkheid niet, omdat ik op de een of andere manier hard bleef.

Ik keek op in de ogen van een volwassen vrouw die nog steeds buitengewoon mooi was en het lichaam had van iemand die veel jonger was.

'Jij bent mevrouw Victoria. Ik heb e-mails met je uitgewisseld toen ik bij je rollenspelgroep kwam, maar ik was er nooit goed in en heb het opgegeven. Het spijt me, mevrouw.'

Eerlijk gezegd hoopte ik dat ik haar niet van streek had gemaakt toen ik mijn hoofd boog.

'Optillen en draaien,' beval Angela mij.

Eerst overhandigde hij de twee wasknijpers aan Cindy, die, nadat ze er opnieuw naar had gekeken, haar wenkbrauwen optrok en vervolgens beide op mijn penis aanbracht: op de huid aan weerszijden van de ballen aan de basis.

Toen volgden vijf harde zweepslagen op mijn rug en billen terwijl ik kreunde en worstelde in mijn boeien.

'Uitstekend, uitstekend,' verklaarde mevrouw Victoria voordat ik terugkeerde naar mijn knielende positie.

En zo was het, met verschillende straffen van al deze machtige vrouwen, elk van hen werd opgeroepen door mijn Meesteres.

Van Nellie, een lerares op de middelbare school, tot Flora, een soap-actrice, tot Jane, een dokter, tot Jemina, een geschiedenisleraar, tot Rosie, een kunstenaar in een talentenjacht, tot Laura , eigenaar van het televisiestation dat mij uitnodigde naar haar eiland..

Er waren twee uitzonderingen waar ik meer in detail op zal wijzen: Clara, een presentator op een kabelnieuwszender, en Celine, het weermeisje op dezelfde zender.

Toen mevrouw Clara werd geroepen, kwam ze dichterbij, sloeg met een grote zwarte zweep die aan haar dij hing, en bleef vlak voor me staan, bijna mijn gebogen hoofd aanrakend.

"Gegroet Meesteres, ik ben de slaaf van Meesteres Lucy, Peter," stamelde ik enigszins beverig en angstig terwijl ik doorging met het slaan van de zweep op haar been, wetende dat ze haar speeltje kon zien.

'Hef uw hoofd op, meneer. Weet u wie ik ben?'

De man werd op een denigrerende manier gezegd, zodat iedereen het kon horen .

Toen ik mijn hoofd ophief en haar voor het eerst in het echt aankeek, besefte ik dat ze nog mooier was dan op televisie.

Hij had een goed verzorgd lichaam om voor te sterven en zijn haar was momenteel donkerblond tot op zijn schouders, en van wat hij had gelezen overtroffen zijn hersenen de meeste mannen.

'Ja, mevrouw Clara, u bent een referentie in de kabel.'

Toen ik dit zei, merkte ik dat ze geen aandacht schonk aan wat ik zei, maar in plaats daarvan naar Angela keek.

Ik draaide mijn hoofd in de richting van Angela en merkte dat ze naar Clara keek, glimlachte en haar lippen likte.

"Dat meisje is ook een grappenmaker, geil en overal mee bezig," dacht ik aan Angela en lachte zachtjes hardop.

Helaas dacht mevrouw Clara dat ik haar uitlachte en gaf ze mij een klap.

'Mevrouw Lucy! Dit varken van u durft me uit te lachen. Wat gaat u eraan doen?'

'Mijn excuses Clara. Angela, pak het pincet en doe het op die klootzak. Nu!' Ze bestelde.

Toen Angela naar de tafel ging om de klemmen te pakken, vroeg ze Lucy hoe strak ze ze wilde hebben en Lucy's antwoord was:

"Als je ze niet meer kunt aanspannen, zijn ze perfect."

'Mevrouw Clara, ik hoop dat dit uw goedkeuring krijgt,' vroeg Lucy.

"Til hem op zijn tenen!" ' zei Clara terwijl ze het pincet aan Cindy gaf.

Angela beval Cindy toen om alle wasknijpers van mijn tepels te verwijderen en ze op mijn pik te plaatsen zodra ik in positie kwam.

Cindy keek me niet in de ogen toen de vier wasknijpers werden verwijderd en naar mijn pik werden overgebracht en vervolgens Clara's wasknijpers op mijn ballen werden geplaatst.

Op dit punt was mijn penis aan elke kant bijna volledig bedekt door de pinnen.

Toen deed Angela, glimlachend en vriendelijk, haar ding met de klemmen.

Elke klem bestond uit twee platte metalen staven met aan elk uiteinde schroeven die met de hand moesten worden vastgedraaid.

Nadat ze allemaal waren losgemaakt, plaatste hij een klem over een tepel met een staaf erboven en eronder, en liet Cindy vervolgens de tepel door de klem trekken terwijl hij erin knijpte.

Toen ze allebei vastzaten, was ik enigszins opgelucht, omdat alleen Cindy die aan hen trok enige vorm van pijn veroorzaakte.

"Nu ga ik ze knijpen, trut," zei hij terwijl we elkaar aankeken.

Terwijl hij erin kneep, werd de pijn ondraaglijk.

Ik had nog nooit zo'n hevige pijn gevoeld, maar verdomd, ik was niet van plan ze het plezier te gunnen om te schreeuwen, want dat is precies wat Angela wilde dat ik deed.

Clara beval me om te draaien, wat ik op prijs stelde omdat ik, nadat al mijn tv-fantasieën met haar waren verbrijzeld toen ik hoorde dat ze de voorkeur gaf aan het andere geslacht, niet wilde dat ze me sloeg en de vernedering voelde.

In werkelijkheid was zijn zweepslagen pijnlijk maar opwindend.

Was het vanwege mijn vernedering?

Met Meesteres Celine zijn we nooit in de spanking-fase terechtgekomen.

Na haar benadering en mijn introductie keek ik naar haar schoonheid en ze glimlachte, en ik zei dat ik haar al jaren elk weekend had gezien tijdens de presentatie van het plaatselijke weerbericht en flapte eruit dat ik verliefd op haar was en vond dat ze er fantastisch uitzag.

"Wil je je weermeisje uitproberen, Peter?"

"Het zou een eer zijn, Meesteres," antwoordde ik en plaatste vervolgens mijn hoofd tussen haar benen terwijl ze haar jurk optilde.

Ze was heet en nat en had een orgasme nodig.

Mijn tong werkte hard op haar klitje terwijl ze haar lichaam tegen mijn gezicht pompte.

Toen het helemaal opgezwollen was, kon ik het met mijn lippen vasthouden terwijl mijn tong eroverheen ging.

Het duurde niet lang voordat ze kreunde van een orgasme en liefdessappen mijn gezicht bedekten.

Toen deed ze een stap achteruit, liet de zweep vallen en benaderde mijn Meesteres en vroeg haar gekscherend of ze mij aan haar wilde verkopen.

Nadat ik mijn introducties met elk van de Meesteressen had doorgenomen, knielde ik met mijn hoofd gebogen en wist dat Meesteres Lucy voor mij stond.

"Gegroet, Meesteres Lucy. Ik ben uw slaaf, uw slaaf Peter."

"Hef je hoofd op slaaf"

Toen ik dat deed, wist ik waarom ze daar die avond was, omdat haar schoonheid boeiend was en ik echt van haar hield.

Hij had geen klemmen vast, maar in zijn rechterhand hield hij een kleine zweep, waarvan ik meteen wist waarvoor die diende, aangezien hij in zijn linkerhand een prop vasthield.

"Goed gedaan slaaf. Je proces zal snel voorbij zijn en de dames hebben ermee ingestemd dat de knevel wordt omgedaan, zodat je de rest van de nacht kunt schreeuwen als dat nodig is. Nu, Angela, zet de knevel voorvering en helemaal strak vast deze jongen "

Angela nam de prop en stopte hem zonder enige voorzichtigheid in mijn mond en zette de prop stevig vast nadat ze op mijn hoofd had gedrukt.

De dames keken allemaal toe, vooral toen hij me bij de klemmen overeind hielp en ik voor het eerst in de knevel kon schreeuwen.

Ze lieten me volledig geschorst, zodat iedereen het kon zien.

Toen Angela de opdracht kreeg de klemmen te verwijderen, keken de dames met grote belangstelling naar mijn reactie op het verwijderen van elke klem, terwijl ik schreeuwde en worstelde om mijn tepels te troosten.

Toen kwam Lucy naar me toe en ging voor me staan.

"Alsjeblieft, Peter, laat iedereen zien dat je mijn slaaf bent. Nu zal ik al je wasknijpers verwijderen met mijn speeltje en niet heel zachtjes. Iedereen kijkt naar je reactie op wat ik doe, dus laten we het goed doen."

Ik knikte en sloot mijn ogen, vastbesloten om niet nog een keer te schreeuwen toen de staarten van de zweep begonnen te landen waar een wasknijper was geplaatst, maar de meeste zaten op mijn pik en ballen.

Ik kreunde en worstelde om aan de zweep te ontsnappen totdat deze uiteindelijk stopte en ik mijn ogen opende voor een glimlachende Meesteres.

'Goed gedaan Peter,' zei ze en richtte zich vervolgens tot haar gasten. "Er zal een kort tijdsinterval zijn vóór de uitvoering van The Final Suspension. Kunt u mij alstublieft vergezellen met een eigen glas ijswijn terwijl de meisjes het laatste entertainment van de avond voorbereiden?"

"Waar heeft hij het in godsnaam over?", dacht ik.

De definitieve schorsing? Gaan ze mij ophangen?

Toen lieten ze me op de grond zakken en zeiden dat ik moest knielen terwijl Angela en Cindy zich bezig hielden met de voorbereidingen voor wat: mijn dood?

Ik was te moe om iets te doen, zelfs toen de zware staaf van de kabel werd losgemaakt en achter mij werd geplaatst.

Toen ik naar mijn pik keek, zag ik hem zwak hangen en ik wist dat zelfs Viagra op dat moment niet erg behulpzaam zou zijn.

Verbaasd zag ik hoe Angela en Cindy een soort motor tevoorschijn haalden, die ze op de draad aansloten en vervolgens, nadat ze de stekker in het stopcontact hadden gedaan, testten om er zeker van te zijn dat hij werkte.

Vervolgens werd de staaf waarmee de kettingen aan mijn polsboeien vastzaten aan de onderkant van het apparaat bevestigd en werd het hele ding opgetild totdat ik weer opgehangen werd.

Deze keer maakten ze het spreidstang op mijn enkels los en verwijderden ze hem toen ze me overeind lieten komen.

Cindy plaatste vervolgens zware leren handboeien om mijn dijen, net boven mijn knieën, en toen beide stevig waren vastgemaakt, werd ik in een zittende positie neergelaten.

Ik voelde me overal verdoofd en was niet bang voor verdere pogingen om mij pijn te doen.

Vervolgens werd een ketting van elke dijmanchet aan de bovenste stang vastgemaakt en strak getrokken totdat het leek alsof ik met mijn benen gespreid zat, terwijl de kabel me optilde tot ik ongeveer anderhalve meter boven het maaiveld was.

'Cindy, laten we dit proberen voor het laatste optreden.'

Angela zei het met zachte stem en pakte toen een elektriciteitskabel die was aangesloten op het apparaat boven mij.

Wat op een soort schakelkast leek, was verbonden met de kabel waar Angela haar vingers doorheen begon te halen.

Ik werd eerst met de klok mee en daarna tegen de klok in, in volledige slagen met verschillende snelheden, en daarna ook op en neer gerukt.

Tevreden gaf Angela Cindy de opdracht het laatste stuk voor te bereiden, dat ik van bovenaf bekeek.

Ze droegen een zware ronde stalen paal van meer dan 1,20 meter lang naar een positie direct onder mij en schroefden deze in wat ik dacht dat een huilgat was, ingebed in beton op grondniveau.

Nadat ze zich ervan had verzekerd dat deze goed vastzat en geen losse beweging vertoonde, pakte Angela een roestvrijstalen kegel uit een doos en begon deze in de bovenkant van de metalen paal te schroeven.

Destijds gebeurde dit allemaal direct onder mijn lichaam, dus ik had een goed zicht op wat er werd gedaan en wat ik dacht dat er zou gebeuren, wat het begin was van een zware strijd van mijn kant omdat ik dat niet wilde. onderdeel hiervan.

Angela pakte onmiddellijk de basis van mijn ballen, kneep en sloeg de ballenzak, die ze vasthield, zo hard als ze kon met haar rechtervuist, waardoor ik in de knevel schreeuwde, want het enige dat ik zag waren glimmende zwarte vegen voor mijn ogen.

'Hou op, Peter, anders blijf ik je slaan tot je flauwvalt. Begrepen?' vroeg Angela.

Ik stopte, maar om twee redenen: de ene was Angela's dreigement en de andere was het feit dat mijn lichaam helemaal uitgeput was.

Ik kon het niet meer aan omdat de schorsing mij dat verhinderde en ik wist dat ik hier de rest van de nacht alleen maar zou blijven hangen en de pijn zou in mij opnemen.

Ik probeerde op adem te komen terwijl ik de kegel van dichterbij bekeek.

Hoewel het moeilijk te zien was, was de bovenkant afgerond en leek hij een diameter van ongeveer een halve centimeter te hebben.

Dit nam toe over een lengte van ongeveer tien centimeter tot een diameter van ongeveer vijf tot vijf centimeter aan de basis, wat mij ongeveer drie meter leek te zijn.

Cindy bedekte het vervolgens allemaal met een dikke laag glijmiddel en begon toen, terwijl ze een aanzienlijke hoeveelheid op haar vingertoppen aanbracht, mijn anus ermee te wrijven.

Ze lachte terwijl ze spuugde terwijl ze probeerde haar vingers in mij te krijgen, wat plotseling in mij terechtkwam, waardoor ik naar adem snakte en kreunde.

Terwijl mijn kont werd verzorgd, stopte Angela een cd-speler in het stopcontact en probeerde snel het door haar gekozen liedje uit voor dit verdomde evenement van haar eigen makelij, dat ze hoopte ooit snel weer terug te keren.

Ik herkende de muziek onmiddellijk... en wist dat het langzame ritme alle dames opgewonden zou maken, maar mij veel pijn zou bezorgen.

De cd-speler was ook op de bedieningskast van het apparaat aangesloten.

Angela had de eerste instrumentale maten van het nummer vooraf opgenomen en speelde het nu om de aandacht van de dames te trekken om aan te geven dat ze er klaar voor was.

Ik zag hoe de Dames kwamen en in een halve cirkel om me heen gingen staan, ongeveer anderhalve meter verderop, en ik zag hoe Angela Meesteres Lucy begroette terwijl ze de muziek uitzette.

"Dames, dit is een korte presentatie die Angela heeft bedacht en die zij The Final Suspension noemt.

Mijn slaaf Peter werd hier pas een paar minuten geleden van op de hoogte gebracht en het is een goede manier voor mijn slaaf om te weten dat hij altijd het onverwachte kan verwachten.

'Je kunt doorgaan, Angela,' zei Lucy.

"Dank u mevrouw," antwoordde Angela. "Ik hoop dat je geniet van het spektakel dat ik The Final Suspension noem en dat alle mannen het moeten volhouden voor het optreden bij Pleasure of Pain."

Angela draaide zich toen om en liep naar de schakelkast en zette een paar schakelaars om, waardoor Cindy zichzelf liet zakken en mijn lichaam in de kegel leidde, die een paar centimeter in mijn kont terechtkwam.

Ik schreeuwde in de knevel bij deze penetratie en tegelijkertijd merkte ik dat alle dames hun armen met elkaar verbonden hadden en deze vernedering van mijn lichaam aandachtig gadesloegen.

Toen begon de muziek en gedurende de eerste minuut werd mijn lichaam een paar centimeter omhoog gebracht en een paar centimeter naar beneden gebracht en weer omhoog en weer omlaag gebracht, steeds op de maat van de muziek.

Ook de dames leken arm in arm zo goed als ze konden op het ritme van de muziek te bewegen.

Ik hoorde ze ook dingen roepen als "Dit zou alle mannen moeten overkomen", "vrouwen regeren", "mannen zijn uitschot", "lang leve het plezier van pijn ", met gejuich en geklap voor het hele lied.

Ik wist dat teef Angela hiervoor goed beloond zou worden, maar ik kon niets anders doen dan daar gewoon staan schreeuwen elke keer dat ik in maagdelijk territorium werd gepenetreerd.

Tijdens de tweede minuut van het nummer moet ik vijf of tien centimeter doorboord zijn geweest, omdat ik niet langer op en neer bewoog, maar nu werd de kegel met kleine bewegingen naar links en rechts gedraaid.

Toen was de laatste minuut... er een waarin ik de hele minuut schreeuwde, een oneindige minuut leek het mij.

Niet alleen nam de draaiing van de kegel toe, maar ook de op en neer gaande beweging.

Ik kon alleen maar goedkeurend gebrul van de menigte horen en wist dat ik bij elke tel het bewustzijn begon te verliezen, en uiteindelijk, aan het einde van het nummer, stopte het draaien en viel mijn lichaam op de kegel; mijn gewicht door het zoveel mogelijk te verliezen.

Toen schreeuwde ik luider dan ik ooit in mijn leven had geschreeuwd en toen viel ik flauw.

* * *

Toen ik wakker werd, was ik alleen... er was niemand.

De dag was in de nacht veranderd, maar de lichten in het huis en de boerderij gaven hem voldoende licht om te zien waar hij was.

Terwijl ik onder de galgconstructie lag, had iemand een deken over mijn lichaam gegooid en rondkijkend was er geen indicatie dat er ooit een seance van welke aard dan ook had plaatsgevonden.

Had ik het me allemaal voorgesteld?

Die gedachte veranderde toen ik probeerde te bewegen en alle pijn in mijn lichaam voelde.

Ik was vrij van mijn beperkingen en kokhalzen, naakt in het gras en had geen idee wat ik moest doen.

Er kwam muziek en gelach uit het huis, maar ik wilde er niets mee te maken hebben en met moeite overeind lopend liep ik richting het entreegebouw waar het was opgesteld.

Ik strompelde door het gebouw en vond de weg naar mijn auto, waar ik snel in stapte en hem wilde starten, maar ik kon de sleutels niet vinden.

"Ga uit de auto, jongen!"

Ik keek op en zag Cindy gekleed in een witte blouse en een korte rok.

Zonder beha, God, wat is ze mooi, dacht ik, maar ik wist dat ik op dit moment niets kon doen.

"Heb je me gehoord jongen? Ga nu uit de auto. Mannen moeten alle vrouwen gehoorzamen en dat betekent Peter, nu ga je hier verdomme weg in de auto."

Was ik te moe om ruzie te maken of kende ik mijn plaats in de groep?

Hoe dan ook, ik stapte uit mijn auto en zag dat Cindy mijn kleren voor me uitstak zodat ik ze kon aantrekken.

'Hé, die kleren zijn van mij! "Waar heb je dat allemaal vandaan?" Ik vroeg om.

'Doe hem maar aan en stap in de auto. Ik moet je naar huis brengen en voor je zorgen. Mevrouw Lucy maakte zich zorgen over je welzijn.'

Ik was te moe om iets te zeggen en dankbaar dat iemand mij naar huis bracht.

Cindy parkeerde aan de kant van de oprit en wilde niet naar binnen gaan of de garage openen.

De lichten in het huis waren aan en ik wist dat ik er geen had laten branden, dus besefte ik dat ze op een bepaald moment in de nacht mijn sleutels hadden afgepakt en het huis in orde hadden gemaakt.

Nadat ze me het huis binnen had gebracht, nam Cindy me mee naar de badkamer en zette me onder de douche, waar ze samen met mij in stapte.

Ze waste me en hield me dicht bij haar... het voelde zo zacht en zo goed dat ik wist dat mijn lichaam binnen korte tijd weer normaal zou worden.

Terwijl het water over ons heen spatte, hoorde ik een hard geluid in de slaapkamer.

'Wat was dat? Is er nog iemand anders?'

'Rustig maar, Peter. Dat was gewoon het centrale koelsysteem of zoiets. Je hebt een zware dag gehad. Laten we ons gaan afdrogen en in bed gaan liggen.'

Ze trok me zachtjes droog, kuste mijn lichaam waar het pijnlijk of beschadigd was en ten slotte gaf ze me een harde kus op de lippen, waarbij het leek alsof haar tong de mijne masseerde.

Oh god, ze windt me op.

Naakt gingen we arm in arm naar de logeerkamer, waar alle lichten aan waren.

Ik dacht dat Cindy het had gedaan.

Toen we binnenkwamen, was ik verrast om Meesteres Lucy naakt op bed te zien liggen, alleen gekleed in een zwarte string.

"Ah, hier zijn mijn twee slaven. Ze zien er allebei fantastisch uit. Kom, Cindy, en doe mee. Nee, jij niet, Peter, ik wil geen slaaf. Vanavond heb je geen behoefte aan je diensten, dus ga naar de hoofdslaapkamer." nu!" "

Mijn hart zakte lager dan ooit toen ik zijn woorden hoorde en met mijn hoofd gebogen ging ik naar mijn kamer.

Het was donker, dus natuurlijk deed ik het licht aan en daar op de slaapkamervloer lag Angela!

Ze was naakt met metalen manchetten om haar polsen die achter haar rug en ook om haar enkels waren vastgemaakt en in een onderdanige positie werd opgetild door haar lange haar vast te binden met een touw dat strak om haar enkels was vastgebonden.

Een prop onderdrukte haar zuchten terwijl ze toekeek hoe ik haar schoonheid in me opnam en besefte wat er daarna ging gebeuren.

Ernaast lag een kleine leren zweep met een enkele gevlochten staart die eruitzag als een miniatuur bullwhip, en er bovenop zat een briefje.

Het briefje was van mevrouw Lucy en er stond eenvoudigweg in:

"Denk aan Peter, verwacht altijd het onverwachte."

Toen ik de zweep ophief, keerde mijn mannelijkheid krachtig terug en ik wist vanaf dat moment dat ik nooit zou ophouden deel uit te maken van het Plezier van Pijn.

SANDY'S WENS

72

'Ik wacht vanavond op je in je gebruikelijke hotelkamer, ik heb je nodig.'

Sandy hangt Sam op en wacht zenuwachtig op haar grote avond.

Hij heeft nog nooit zulke gedurfde stappen gezet met een andere minnaar.

Hoewel ze veeleisend en hongerig was als een wolf , heeft geen enkele man haar diepste passies zo aangeraakt als deze minnaar.

En als ze het voorzichtig tegen hem zegt, tot zijn grote vreugde, is hij er ontvankelijk voor.

Zijn geest werd gek.

Kan deze minnaar haar echt geven waar ze naar hunkert?

In zijn dagelijkse routine is Sam een krachtige en succesvolle man, een man waar iedereen in zijn wereld naar luistert.

En in haar wereld is Sandy een rustige, getrouwde moeder in een buitenwijk, waar ook naar wordt geluisterd, maar alleen door jonge kinderen.

Ze verlangt bijna net zo sterk naar controle en respect als hij wil dat iemand voor hem zorgt.

Iemand die verantwoordelijkheid neemt.

Iemand die de druk verlicht om altijd de leiding te hebben.

* * *

Sandy staat voor de deur van de hotelkamer, wetende dat hij binnen op haar wacht.

Zenuwachtig klopt op de deur.

Hij verzamelt zijn moed en herinnert zich zijn fantasieën en speelt zijn rol een beetje.

'Doe nu meteen de deur open, anders ga ik naar huis.'

Sam glimlacht als hij de stem van zijn geliefde hoort die hem beveelt.

Ze kan bijna het muzikale gelach horen dat gepaard gaat met het grootste deel van zijn toespraak, wetende dat hij in haar leven haar over het algemeen aan het lachen maakt en dat dit in het bijzonder een verandering van tempo voor haar is , dus ze moet exploderen van vreugde.

Als de deur opengaat, vermijdt ze een glimlach.

Hij lacht naar haar en zijn ogen doorboren de hare in een onvrijwillige poging om te vechten voor controle over de situatie.

'Vanavond niet, Sam. Vanavond niet. Ik heb vanavond de leiding, niet jij. Doe alles af en ga naar bed. Knuffel nu maar, anders ga ik weg.'

Sandy spreekt deze woorden met groeiend zelfvertrouwen.

Zijn stem klinkt stevig.

Sandy staat met zijn voeten stevig op de grond en kijkt toe hoe hij zich uitkleedt.

Elk kledingstuk dat hij uittrekt, onthult iets meer van zijn ongelooflijke lichaamsbouw.

WAUW.

Hoe ze het leuk vindt.

'Ga nu op bed liggen. En beweeg niet, Sam, anders ga ik weg. Ik meen het.'

Sandy klinkt serieus en vastberaden, haar eerste oefening in controle, en haar opwinding groeit met de minuut.

Hij gaat op bed liggen, zijn mannelijkheid, zwak op dit moment, groeit langzaam en vormt een lijn loodrecht op zijn liggende lichaam.

'Je ogen zijn op mij gericht. Kijk me aan.'

Sandy staat aan het voeteneinde van het bed, met haar naakte minnaar voor haar.

Terwijl je heel langzaam en doelbewust elk kledingstuk uittrekt.

Langzaam trekt hij zijn shirt over zijn hoofd en blijft voor hem staan.

Haar decolleté steekt uit de cups van haar zwarte bh en probeert zwakjes haar tieten op hun plaats te houden.

Haar slanke taille wordt bedekt door een zwart korset, met veters aan de voorkant om haar rondingen te benadrukken.

Langzaam verwijdert ze haar rok, centimeter voor centimeter, waardoor een klein stringetje met zwarte kralen en fijne zwarte strikjes op elke heup zichtbaar wordt.

Ze draait zich om zodat hij met haar gezicht naar haar toe kijkt en maakt langzaam haar beha los, zodat haar borsten vrij over haar korset zwaaien, bevrijd uit hun tijdelijke gevangenis.

Sandy zucht van vreugde.

Met haar rug naar haar minnaar toe draait ze haar hoofd over zijn schouder en waarschuwt hem nogmaals:

"Beweeg niet".

Ze draait zich langzaam om en laat haar heerlijke borsten aan hem zien, terwijl ze de beha in haar handen draagt.

Als hij het naar het bed gooit, valt het op zijn knie.

De kant van de beha prikkelt haar knie en ze begint zich te bukken om hem uit te trekken.

Sandy kijkt hem ernstig aan:

'Dit is je eerste waarschuwing. Beweeg niet. Je weet heel goed wat er zal gebeuren als je dat wel doet.'

Terwijl je moeite hebt om stil te blijven zitten, heb je het gevoel dat je beha ongemakkelijk zit en je knie kietelt.

Hij is zich steeds meer bewust van zijn aanwezigheid.

Zijn huid tintelt van verlangen om te krabben.

Terwijl hun ogen elkaar blijven ontmoeten, trekt Sandy langzaam aan de strikbanden aan de zijkanten van haar zwarte string, waardoor deze loskomt.

Ondertussen valt het samen met de andere kleding op de grond.

Staande, nu helemaal naakt op het korset na, tilt Sandy langzaam haar linkerknie op van het voeteneinde van het bed naar de matras, op het punt om ernaartoe te kruipen.

Ze tilt de andere knie op en staat aan zijn voeten.

Met zijn handen naar voren gestrekt, zwaait zijn lichaam lichtjes van ongecontroleerde lust.

Ze wiegt op haar knieën en bootst zijn verlangen na om zijn harde pik te berijden, terwijl ze wellustig in zijn ogen kijkt.

Sam ligt daar, bereid zijn handen langs zijn lichaam te houden, vechtend tegen de drang om de controle over dit prachtige sekskatje aan het voeteneinde van zijn bed over te nemen.

Hij herinnert zichzelf eraan hoe lang ze hebben gewacht om deze fantasie goed te vervullen, en hij wil deze tot in het kleinste detail vervullen.

Hij kronkelt ongeduldig en herinnert zichzelf eraan dat als hij beweegt, hij dit heerlijke spel zal verpesten.

Zijn pik staat in de houding en Sandy kan het niet helpen dat hij ziet hoe absoluut smakelijk hij eruit ziet.

Hij likt suggestief zijn lippen, ontmoet haar blik en merkt dat het zweet zich op zijn bovenlip vormt.

Terwijl hij worstelt om zijn wensen voor die nacht te vervullen.

Ze stopt en realiseert zich dat haar beha nog steeds tegen haar knie schuurt, wetende dat het materiaal van de stof hem gek moet maken.

Gelukkig voor hem tilt ze hem van haar knie.

Maar dan laat ze de mesh- en kantstof langzaam langs haar dij lopen, over haar kruis, zachtjes haar huid strelend, totdat ze hem uiteindelijk achter zich gooit, naar de stapel weggegooide kleren aan het voeteneinde van het bed.

Ze laat haar lichaam gracieus glijden en brengt haar mond een paar centimeter van de zijne vandaan.

Als ze naar zijn lippen kijkt, weet ze dat dit de mond is die ze kust met rauwe passie, met zoveel honger.

Ze weet dat hij vecht tegen zijn sterkste verlangen om niet stil te blijven zitten en haar met zijn mond te verslinden.

Zittend op zijn borst, haar lichaam ondersteunend met haar sterke benen, wrijven haar gretige kutje en haar weelderige huid tegen zijn torso.

Terwijl ze schrijlings op hem staat, vraagt ze hem zachtjes:

"Wil je mij proeven?"

Bevend, wetende dat ze de macht voor de nacht volledig hebben ingewisseld, kan hij alleen maar knikken.

Als reactie op zijn knikje strijkt Sandy met haar middelvinger over zijn druipende spleet en tilt zichzelf een beetje op, zodat hij naar haar kijkt.

Terwijl zijn vinger glinstert van haar sappen, beweegt hij hem onder haar neus, zonder haar huid aan te raken.

"Kun je me ruiken, Sam?"

Hij knikt opnieuw.

"Wil je mij proeven, Sam?"

Sandy neemt haar rol van leidinggeven volledig in zich op en vindt het leuk om hem te plagen en te plagen, wetende dat ze tegen het einde van de avond iets compleet nieuws zullen hebben ervaren.

Sandy raakt met haar vinger zijn trillende bovenlip aan en voedt hem haar sappen als een oase in de woestijn.

Terwijl je met je vinger over haar lippen gaat, leunt ze naar voren, zodat haar borsten zwaaien en langs zijn borst strijken terwijl ze dat doet.

Hij steekt zijn tong uit, likt alleen haar lippen, deelt haar sappen, proeft haar lippen, weerhoudt zichzelf ervan hem te verslinden, wetende dat hij, zodra hij haar kust, de controle zal verliezen waar hij zo hard voor heeft gewerkt .

Met gespannen lippen terwijl ze speelt, herwint Sandy snel haar lichte verlies aan kalmte.

Hij steekt zijn vinger tussen zijn tanden en likt haar essentie.

Haar ogen en die van hem gaan nooit uit elkaar en met hun blik hebben ze elkaar al duizenden keren geneukt voordat hun lichaamsdelen zelfs maar samenkwamen.

Terwijl ze een beetje langs zijn torso naar beneden glijdt, speelt haar kont met zijn stijve pik, terwijl haar billen zijn kloppende mannelijkheid omhullen terwijl hij moeite heeft om tussen haar benen te duwen.

Ze blijft naar achteren glijden, terwijl haar warme hete bloesem de punt van zijn harde staaf streelt, hem prikkelt en plaagt met haar warmte.

Ze glijdt langs zijn benen, die hij met moeite stil kan houden, totdat haar mond zijn enorme erectie bereikt.

Sandy laat langzaam het puntje van haar tong tussen zijn lippen glijden en likt het hoofd, maar verder niets.

Haar minnaar doet zijn best om diep in haar keel te dringen, maar ze weigert toe te geven aan haar verlangen om hem met haar mond te omsluiten.

In plaats daarvan kwelt ze hem langzaam, gewoon likkend als een ijshoorntje, terwijl ze de ronde kop van zijn pik proeft.

"Wil je meer, Sam?" vraagt Sandy lief.

'Uh huh,' komt er een gesmoord antwoord uit zijn keel.

'Ik wil dat je laat zien wat je wilt. Laat me zien wat ik met je mond moet doen.'

Wanneer Sandy dit zegt, schuift ze haar lichaam omhoog van zijn pik naar zijn mond, waar ze haar druipende kutje naast zijn mond plant.

"Laat me zien hoe je ervan houdt om gelikt te worden. Ik moet leren en alleen jij weet wat je het meest nodig hebt."

Sandy gaat schrijlings op haar mond staan, terwijl ze de zijkant van haar hoofd met beide handen vastpakt en haar hoofd naar voren leidt om haar mond en kutje in direct contact te brengen.

'Eet me op. Laat me zien hoe graag je me wilt.'

Wanneer ze hem dit opdraagt, laat Sandy haar hoofd los en gaat op haar armen liggen, waardoor haar kutje dichter bij zijn mond komt.

Ze gooit haar hoofd achterover in extase en realiseert zich dat haar minnaar opnieuw intens geniet van haar rollenspel terwijl hij hongerig haar kutje omcirkelt, wetende dat als ze het goed doet, de beloningen enorm zullen zijn.

Terwijl hij zijn tong over haar lippen laat glijden, haar bloem opent, aan haar clitoris zuigt, voelt hij zich afwisselend ongelooflijker in haar hongerige mond.

Hij blijft haar likken totdat zijn opwinding langs haar kin loopt.

Hij strekt zijn hand uit om haar heupen vast te pakken en ze loopt snel achteruit.

'Ik heb je gezegd niet te bewegen. Dit is je tweede waarschuwing.'

Terwijl ze snel haar kutje uit zijn mond haalt, kijkt ze naar de perplexe blik in de ogen van haar minnaar.

Niet in staat om volledig in karakter te blijven, leunt Sandy voorover en likt teder haar sappen uit zijn gezicht, kust zijn wangen en kijkt in zijn ogen, zodat hij begrijpt dat ze echt het spel speelt, maar dat niets haar echt van hem kan afhouden.

Nadat ze zijn mond heeft gelikt, zorgt de herinnering aan zijn eigen opwinding ervoor dat hij bijna de controle verliest.

Trillend om haar rol te behouden, gaat ze snel weer van hem weg en klimt van het bed om naar haar minnaar te kijken die daar ligt te wachten op zijn volgende zet.

Zijn pik glinstert op de plek waar ze zijn hoofd likte, maar ze merkt dat er een klein druppeltje voorvocht uit de punt komt.

'Sam, het klinkt alsof je heel opgewonden bent. Kun je me daarover vertellen?'

'Je maakt me gek, Sandy. Dit is de zoetste marteling die ik ooit heb meegemaakt.'

'Nou, Sam, geduld wordt beloond en ik wil dat we allebei iets leren. En ik ben nog lang niet klaar met jou.'

Terwijl ze dit zegt, duwt ze zichzelf snel van het bed en buigt zich voorover om haar minnaar een blik te gunnen op haar heerlijk ronde kont.

Hij kreunt wellustig, wetende dat hij alleen maar hoeft te kijken.

Ze haalt iets uit haar tas en draait zich om met een klein voorwerp in haar hand, maar uiteraard met gebalde vuist, omdat ze er nog niet klaar voor is dat hij het ziet.

'Sluit je ogen,' beveelt hij.

Elk stukje van hun wilskracht wordt op de proef gesteld, aangezien de enige beperkingen en verboden die ze voor dit rollenspel gebruiken puur mentaal zijn.

Hij heeft ervoor gekozen om niet te bewegen of zijn ogen te openen, simpelweg omdat Sandy daarom heeft gevraagd.

Hij voelt haar lichaam naast het zijne bewegen en de matras verschuift een beetje, omdat ze naast hem moet hebben gezeten.

Haar kleine hand raakt de eikel van zijn pik aan, haar vinger wrijft over het voorvocht rond de bovenkant.

'Sam, je ziet eruit alsof je op ontploffen staat. Maar daar ben ik klaar voor. Maar maak je geen zorgen en doe je ogen niet open en beweeg niet.'

De stilte is oorverdovend, want het enige geluid in de kamer is zijn steeds moeizamere ademhaling.

Sandy pakt met één hand zijn pik vast en met de andere schuift hij iets over zijn hoofd: een koude metalen ring die een rilling door zijn lichaam doet gaan en zijn ruggengraat doet trillen.

Ze schuift de ring naar de basis van zijn pik en zijn hartslag trilt.

Je voelt meteen dat je sterker wordt en opzwelt.

"Open je ogen."

Zijn geliefde opent zijn ogen en ziet een flits van metaal en een kussentje aan de basis van zijn enorme erectie.

"Een cockring, hè?"

'Dit is mijn veiligheidswildcard, Sam. Ik heb veel met jou te maken en ik wil niet dat dit eindigt voordat het begint. Kun je het voelen?'

"Ja, het is krap."

"Is het ongemakkelijk?"

"Nee, gewoon anders."

Zijn minnaar slikt een beetje zenuwachtig, omdat hij nog nooit speelgoed voor volwassenen heeft gebruikt.

'Het lager is ontworpen om mij plezier te bezorgen. Ik ga kijken hoe het voelt. Blijf stil staan.'

Sandy geniet van haar controlespel en haar opwinding begint koortsachtig te worden.

Haar hete sappen stromen vrijelijk, dus het enige wat ze hoeft te doen is over hem heen gaan zitten en op hem af gaan, die haar onmiddellijk vult met zijn enorme lul.

Ze leunt naar voren en laat de roller over haar clitoris rollen.

Zijn lichaam verwarmt onmiddellijk het koude metaal en drukt suggestief tegen haar magische plek terwijl ze naar voren wiegt.

Zijn pik buigt lichtjes terwijl ze zich in de kom klemt.

Ze pakt zijn polsen vast met haar kleine handen, hoewel elke vorm van immobilisatie louter symbolisch is, aangezien hij haar gemakkelijk zou kunnen verslaan.

Zijn spel gaat niet echt over macht.

Ze doet zich simpelweg voor als de agressor, de overwinnende heldin.

Met een sluwe knipoog van onuitgesproken begrip tussen hen wordt hun wederzijds genot intenser.

'Dit is wat ik wil, Sam. Kun je me voelen? Kun je voelen hoe warm je me maakt?'

Sandy bijt op haar onderlip terwijl ze harder drukt.

De wanden van haar vagina worden strakker en grijpen Sams lid met bezittelijke dominantie vast.

Ze staat hoger en knijpt in zijn pik terwijl hij voelt dat de pikring zijn opwinding beperkt, waardoor het moeilijker wordt.

Sam trekt een grimas terwijl het zijn instinct is om zijn heupen wild in de diepten van haar vrouwelijke charmes te steken.

Maar omdat hij bedenkt dat hij al twee waarschuwingen heeft gekregen, heeft hij moeite zichzelf in bedwang te houden.

Sandy glijdt naar de top van zijn pik, met alleen het hoofd in haar, en zit volkomen stil, klaar om hem los te laten of hem te omsingelen.

Het spannende moment gaat door als Sandy volkomen stil blijft liggen.

"Sam, vind je dit leuk? Vind je het leuk hoe je geliefde speelt? Kun je mij nog een keer volgen?"

Sandy's speelse plagen maakt Sam opgewonden als hij beseft dat hij maar één keer over de grens kan gaan.

In plaats van haar te antwoorden, heft hij zijn heupen op en laat zijn kloppende lid vol mannelijkheid in haar zakken.

Het lager van de cockring rolt over haar klitje en hij lacht speels naar haar,

'Drie waarschuwingen sturen mij naar de rechtbank?'

Sandy rilt even, vastbesloten de controle te behouden, en lacht terug naar Sam.

'Honkbal-analogie, hè? Ik zou dit een foute beslissing noemen. Laten we nog een worp gaan doen.'

Sandy blijft Sams pols in een soort valse greep vasthouden terwijl ze zich met tegenzin van hem losmaakt.

Als je ernaar kijkt, wordt het uitgangspunt van het spel plotseling minder belangrijk.

Ze wil dat deze man in haar dringt en ze verliest met de minuut haar wilskracht.

'Ik denk dat ik het even bij de werper moet navragen,' zegt Sandy, terwijl ze de honkbal-analogie levend houdt, maar zich voorover buigt om Sam te kussen.

Ze drukt haar mond tegen de zijne en kreunt wellustig, terwijl het rollenspel snel verdampt.

Ademloos trekt ze zich van hem los.

"Neuk me nu. Dat is mijn bevel, Sam."

Sam lacht naar zijn Sandy en slaakt een zucht van verlichting.

"Met of zonder dit ding?"

Sam wijst nieuwsgierig naar de cockring.

"Daarmee, totdat je op het punt staat een climax te bereiken, dan zal ik het uittrekken."

Sandy rolt zich op haar rug en spreidt haar benen met een verleidelijke uitnodiging.

"Sam, onthoud dat ik nog steeds de leiding heb, en ik wil dat je me met je mond neukt."

'Met plezier, mijn meesteres. Met plezier. Nu is het jouw beurt om stil te blijven staan.'

Terwijl Sandy haar benen spreidt, positioneert Sam zich ertussen en beweegt hongerig haar tong ertussen, op zoek naar de nectar. over zijn tong glijden, die dankbaar vloeit voor zijn opwinding.

Terwijl hij haar open bloem likt en om haar heen loopt, kreunt Sandy met een verlangen van oerverlangen.

Sandy verliest zichzelf in de sensaties van Sam's tong en zweeft naar een plek ver weg van haar hotelkamer.

Ze pakt zijn hoofd vast en nodigt hem in stilte uit om deel te nemen aan haar extatische reis.

Sam meet haar reacties en weet dat ze op de rand van haar orgasme staat.

Hij glijdt langs haar lichaam omhoog, de smaak van haar nog steeds op zijn lippen.

Terwijl hij zijn pik in haar duwt, kust hij haar mond diep.

Sam komt gemakkelijk binnen en voelt dat haar trillende muren hem omringen.

Ze voelt zijn ring tegen haar klitje terwijl Sam keer op keer stoot en haar laat zien dat er twee nodig zijn, en niet één, om de liefde te bedrijven.

Ze buigt haar benen naar achteren totdat ze op Sam's schouders rusten, en hij komt volledig bij haar binnen.

Haar lichaam is vol van hem, haar clitoris prikkelt en hij voelt elke diepte van haar vrouwelijkheid.

Sam verteert haar gezicht, nek en schouders met zijn kussen.

"O Sam."

Sam versnelt zijn tempo, wetende dat zijn Sandy heel dicht bij de climax is.

Ze begint te bewegen en hij herinnert zich het uitgangspunt van de avond.

"Ben je klaar, mijn meesteres?"

"Ik ben."

Sam pauzeert even en trekt zich weer van Sandy terug.

Ze pakt zijn pik, verzadigd van haar sappen, en rolt de cockring omhoog.

De ronde metalen bal volgt een onzichtbaar pad langs je pik.

Met de gloeiende ring in zijn handpalm glimlacht hij naar het symbool van hun wederzijdse extase.

Sandy brengt de ring naar haar mond en likt de omtrek ervan, zonder haar blik van Sams ogen af te wenden.

Ze houdt de ring tussen haar tanden en leunt naar Sam terwijl hij hem van haar tanden trekt, om hem vervolgens op bed te gooien.

'Je bent zo mooi dat niets mij ervan kan weerhouden om in je te willen zijn, op welke manier dan ook.'

"Neem mij, mijn geliefde."

Zonder nog een woord te zeggen duwt Sam zijn razende erectie in Sandy's hongerige opening.

Ze verwelkomt hem praktisch binnen met een welkomstkreet.

Hij duwt haar herhaaldelijk woest, keer op keer.

Sandy kreunt van oncontroleerbare passie.

" Mmmmmmmmmmm , Sam. Oh lieverd. Zo, zo, luider, zo ."

"Oh schat, Sandy, ik hou zoveel van je."

"Kom op Sam, nog harder."

Sam pauzeert even en trekt zichzelf uit Sandy's hitte.

'Sandy, ik ben klaar om te ontploffen. Ben jij er klaar voor?'

'Ik stond voor je klaar zodra je binnenkwam, Sam.'

Als Sandy dit zegt, hurkt ze neer en begeleidt Sam terug naar haar gretige opening.

In één snelle beweging duwt Sam zich richting Sandy en klemt zijn tanden op elkaar.

Hij begraaft zijn kloppende pik diep in haar.

Ze kreunt als een vrouw die plotseling alles heeft wat ze nodig heeft.

"Oh Sam, je hebt het nog steeds enorm voor mij."

'Waarom heeft je man dat niet voor je klaargemaakt? Ik heb mezelf de hele dag in de war gebracht . Ik vond het geweldig om te zien hoe jij de controle overnam.'

'Het is waar dat je het niet zo hebt, en ik deel graag wat je hebt met mij.'

De geliefden stoppen met praten en beginnen sneller te bewegen, beide zo gevaarlijk dicht bij hun hoogtepunt.

Sam duwt herhaaldelijk en Sandy staat op om al zijn stoten te ontmoeten terwijl ze in oervreugde walsen.

"Oh Sam, kom met me mee... ik ben er al..."

Sandy hapt naar adem en kronkelt terwijl haar gezicht vertrekt van ongecontroleerde passie terwijl golven van samentrekkende spieren haar kern overnemen en plezier door haar lichaam uitstralen.

"O Sandy..."

Sam's lichaam verstijft en hij neemt haar in zijn armen terwijl hij al zijn energie van zijn pulserende pik overbrengt naar Sandy's verwelkomende lichaam.

Zijn sperma stroomt in haar, terwijl haar sap rond zijn pik stroomt, in vloeibare extase.

Ze laten zich ademloos op de matras vallen en houden elkaars hand vast terwijl hun hartslag vertraagt.

'Dat was een stuk beter dan het gebruikelijke vluggertje, vind je niet?' Sam lacht gemeen naar Sandy.

"O ja, en het was nuttig dat mijn man op reis ging. Zo konden we beter van onze kamer genieten."

'Nou lieverd, ik had echt geen zin om al mijn opgekropte passie te besteden om mijn vrouw in bed te krijgen. Ik wilde het allemaal aan jou geven.'

'En ik wilde dat je het allemaal aan mij zou geven. Ik zou zeggen dat we onze wens hebben vervuld, toch?'

"Ja. En we hebben nog tijd voor meer, aangezien mijn vrouw mij niet snel thuis verwacht...'

"Briljant! "We zullen die lekkere pik weer hard moeten maken," zei Sandy terwijl ze zich bukte om zijn pik opnieuw te likken...

ZOMBIE-APOCALYPSEX

87

Het beste deel van de zombie-apocalyps?

De meisjes bedanken je als je hun leven redt.

Ik meen het.

Dat doen ze echt, ook al heb je een type als het mijne.

Ik ben niet de langste man van de stad, of de slimste of de knapste.

Ik ben zo normaal als maar kan.

Ik ben anderhalve meter lang.

Ik heb steil bruin haar dat ik kort laat.

Het is geen mahonie of bruin haar.

Het is niet lang of golvend of bijzonder glanzend.

Het is bruin, zoals een typische bruine cartoon.

Ik ben niet dik en niet mager.

Ik weet het gewoon niet.

Uit vorm?

De beste oefening die ik ooit heb gedaan, was het zwaaien met het middeleeuwse zwaard dat ik een paar jaar geleden op een Renaissancefestival kocht.

Verdorie, ik vond het heerlijk om dat stoute meisje te draaien.

Hij kocht zelfs watermeloenen, liet ze op een hekpaal leunen en sneed ze als een echte middeleeuwse krijger.

Ik geef het toe.

In mijn gedachten ben ik altijd een beetje slecht geweest.

Wie kon zich voorstellen dat al dat zwaardzwaaien ooit van pas zou komen?

Maar niets van dat alles was genoeg om mijn moeder of mijn zus te redden.

Ik denk dat ik moet zeggen dat ik mijn vader ook niet kon redden.

Maar het is grappig om te zeggen dat ik hem niet kon redden, terwijl ik degene was die zijn hoofd afhakte.

Ja, dat is stom.

Ik vond de oude leuk.

Ik was Excalibur, zoals ik mijn zwaard noemde, op mijn knieën aan het slijpen toen hij mijn kamer binnenkwam.

Ik besefte dat er iets mis was.

Hij zat overal onder het bloed, waarvan ik later hoorde dat het van mijn moeder was.

Ik zag niet waar hij gebeten was, maar dat deed er niet toe.

Hij gromde, net als in de film.

Het was een diep keelgeluid dat klonk alsof het van een dier kwam in plaats van van een mens.

Hij strompelde naar me toe, met zijn met bloed bedekte handen uitgestrekt, en ik wist het.

Ik weet niet hoe ik het wist, ik wist het gewoon.

Dus ik stond op en riep iets als "Ga weg!"

Toen hij niet reageerde, zwaaide ik met het zwaard.

Mijn eerste moord.

Pa.

Dood en nog eens dood.

Na het braken voelde ik mij prima.

Ik rende door het huis.

Ik vond moeder dood en in stukken.

Mijn zus was in de achtertuin terwijl drie andere zombies haar nog steeds aan het bijten waren.

Ze was altijd een hoer.

Ik zorgde voor elk van hen zonder extreme vooroordelen.

Het was gemakkelijker dan het lijkt.

Met het eten voor zich, mijn zus, zijn de zombies van plan te eten.

Het maakt ze niet zoveel uit als er nog iemand meedoet aan het festival.

Het maakt ze niet uit of er meer gratis lunch in de buurt is.

Het enige waar ze om geven, is het lekkers binnen krijgen.

Nadat het hart, de longen en de organen zijn verdwenen, beginnen de problemen.

Dan staan ze op en zoeken naar meer.

Het slechte is hoe snel ze kunnen eten.

Ze kunnen sneller door een mens gaan dan, nou ja, ik weet niet wat.

Nadat ik de laatste zombies had gedood die mijn zus aten, keek ik naar wat er nog van haar over was.

Het was niet mooi.

Er waren stukjes long en het grootste deel van zijn darmen.

Blijkbaar houden zombies niet van stront.

Echt, wie kan het hen kwalijk nemen?

Nancy Williams is de verwaande hottie die naast mijn huis woont.

Er is een tuin die onze huizen scheidt.

Ik stopte lang genoeg om mijn sportschoenen aan te trekken en rende naar zijn huis.

Misschien was ik te laat, ik wist het niet, maar ik moest het proberen.

Nancy mag dan een verwaand kreng zijn, maar ze verdiende het niet om te sterven door de handen en de mond van een zombie.

Het ging niet goed.

Terwijl ik rende, zag ik dat hun buitenverlichting aan was.

De lampen werken als bewegingsmelder.

Toen ik dichterbij kwam, zag ik waarom ze bezig waren.

Drie van de ondoden bevonden zich in de voortuin en strompelden naar zijn deur.

Ik zag hoe de eerste naar de deur rende voordat ik daar kon komen.

Als een idioot opende Nancy's vader de deur en hij was de eerste die stierf.

Dat gaf mij de kans om de drie zombies te elimineren die op de man vielen tijdens het avondeten.

Zoals ik al zei, als ze eten, negeren de ondoden al het andere.

Nancy's vader zag eruit als een wrak.

Ik sprong op zijn lichaam en belde Nancy.

Aan de andere kant had ik het geluk dat Nancy's moeder naar buiten kwam.

"Wat heb je met mijn man gedaan?" ze schreeuwde en gooide een lamp naar mij.

Een verdomde lamp!

Ik sloeg haar met Excalibur.

Al dat honkbal dat hij als kind had gespeeld, hielp ook.

"Mevrouw Williams! Zombies!" Ik probeerde het uit te leggen.

Ze keek me wild aan en rende naar het stoffelijk overschot van haar man. Slecht idee.

Peter Williams was al erg genoeg om te sterven en terug te komen.

Hij pakte zijn vrouw vast en begon te eten.

Dat zijn de kreten die me vandaag de dag nog steeds wakker houden.

Ook al is het niet de dame. Williams, als ik in de verte geschreeuw hoor, vervang ik hun geschreeuw altijd door het geschreeuw dat ik die dag hoorde.

Levend opgegeten worden doet pijn.

Ik heb genoeg tijd gehad om het mysterie op te lossen.

Als ze je bijten, draai je je om.

Het maakt niet uit waar ze je bijten, alleen dat ze het doen.

Je moet voorkomen dat je een brok bent.

En vraag me niet waarom, maar als je zombie-ingewanden of bloed op of in je mond hebt, is dat niet voldoende.

Als de beet dodelijk is (meneer Williams werd als eerste in de halsader gebeten) en andere zombies je niet aan stukken scheuren, kun je vrij snel omdraaien.

Zodra je sterft, denk ik.

Als het een niet-dodelijke beet is, duurt het een tijdje voordat het gif zijn werk doet.

Je sterft nog steeds en wordt een van de ondoden, maar het kan een paar uur of zelfs dagen duren.

Daarom begin je na een tijdje met het doden van de pas gebeten exemplaren met evenveel straffeloosheid als je de reeds gedraaide dingen geeft.

Waarom niet?

Vroeg of laat zullen ze alleen maar problemen veroorzaken.

Ik doe er niet zoveel mee, maar ik doe het wel.

Mevrouw Williams was nog steeds aan het schreeuwen toen ze bloedig werd vermoord (in de meest nauwkeurige beschrijving die ik kan geven) toen Nancy de kamer binnen rende.

Ik was verward en bang.

Ze zag wat haar vader haar moeder aandeed.

"Doe iets!" ze schreeuwde tegen mij.

Daar zat ik al in.

Ik zwaaide het zwaard naar het hoofd van meneer Williams en onthoofde hem.

Verscheurd en verminkt, maar nauwelijks opgegeten, draaide Nancy's moeder zich snel om.

Ze gromde naar me en dat was alles wat ik nodig had.

Op een gegeven moment zat hij zonder hoofd.

"Mijn God!" zei Nancy.

'Ja. Zombies,' legde ik uit.

'Geen gedoe,' zei ze.

Hij droeg een strak T-shirt en een katoenen korte broek.

Hij zag er zo heet uit als de hel.

Ze droeg geen beha.

Haar tepels waren zo hard als de hel.

Het is grappig hoe ik me dat allemaal kan herinneren alsof het gisteren gebeurde.

"Er is meer?"

'Nog drie doden aan het front,' zei ik.

Ik deed mijn best om het stoffelijk overschot van zijn ouders weg te duwen en de deur te sluiten.

In de woonkamer stond de televisie aan en de omroepers waren met het laatste nieuws in de programmering verschenen.

De shit was echt en het gebeurde overal.

Niemand wist waarom.

Niemand wist of er ground zero was.

Het kon niemand iets schelen.

Nancy en ik liepen naar de bank en keken verbaasd naar het scherm.

'Bedankt dat je mijn leven hebt gered', zei ze nadat de realiteit van de nieuwe tijd tot me doordrong.

'Geen probleem,' zei ik.

"Omdat ik?"

'Omdat je mooi bent,' zei ik tegen haar.

Het was de waarheid en ik was te bang om te liegen.

"Bedankt," zei hij en we bleven tv kijken.

Ik weet niet meer wanneer het gebeurde, maar na een tijdje stelde Nancy voor dat ik ging douchen en het bloed eraf spoelde.

Ik heb het gedaan.

Hij gaf me wat kleding van zijn vader om te dragen.

Het paste niet zo goed bij mij.

Het kon me niets schelen.

Ik zou naar huis kunnen gaan om kleren te zoeken.

Vervolgens nam hij mij mee naar zijn kamer.

'Ik wil niet als maagd sterven,' zei hij en gaf me een voorzichtige kus.

"Ben je maagd?" Ik heb gevraagd.

Gezien het feit dat de doden weer tot leven kwamen en de levenden aten, was het waarschijnlijk een klein detail, maar het verraste me toch.

"Als je niet?"

'Fuck nee,' zei ik.

"Shit."

'Ik meen het,' hield ik vol.

Ze legde haar hand op haar heup en keek me aan met die klassieke, perverse blik die gelukkig eindigt na de middelbare school.

"WHO?" hij eiste.

"Katty Walker? Andy Müller?"

"Nee , eigenlijk deed ik het eerst met Vicky Flowers , maar met de andere twee heb ik ook iets gedaan. En ze waren leuk. Ik mis ze".

'Waarom heb je er niet één gered?'

'Jij was dichterbij.'

'Ik kan niet geloven dat ik maagd ben en jij niet', zei ze.

'Het betekent gewoon dat ik weet wat ik doe,' opperde ik.

'Als we niet sterven en je vertelt dit aan iemand, dan vermoord ik je.'

Ik zette Excalibur naast de deur van zijn kamer, waar hij hem gemakkelijk kon pakken.

Toen kuste ik haar.

Ik speelde niet om haar te kussen, ik bedoel, ik kuste haar.

Verdomme.

Ik was de held.

Hij had genoeg films gezien.

Ik ging haar kussen als een held.

Ik drukte mijn lippen tegen de hare en duwde mijn tong in haar mond.

Nancy kreunde van verbazing voordat ze tegen mij aan smolt.

Toen trok hij zich terug en trok zijn shirt uit.

Ik had gelijk.

Ze droeg geen beha, ze had grote tepels en haar tieten waren perfect, aan elke kant geserveerd als een fluitje van een cent.

Ik denk dat het wellustig van mij is om in detail te treden over wat er daarna gebeurde, maar fuck it.

Tot dat moment in mijn leven was Nancy de perfecte tien voor mij.

Ze was het sexy meisje dat elke man in zijn fantasieën gebruikte.

Ik trok de kleren van haar vader uit (griezelig, ik weet het) en liet haar mijn harde pik zien.

"Ik weet niet wat ik moet doen", zei hij.

'Trek je korte broek uit, dan zorg ik voor de rest,' zei ik tegen hem. "Je hebt toch al eerder een harde pik gezien?"

"In films en andere dingen."

'Goed genoeg. Je weet dus dat je er eerst aan moet zuigen, toch?'

"Ik moet?"

'Nee, je kunt als maagd sterven,' zei ik en deed alsof ik me aankleedde.

"Wacht, zo?" zij vroeg.

Ze sloeg haar mooie volle lippen om me heen en begon te zuigen.

Ze was er niet zo goed in.

Ze was niet zo goed als Andy Muller .

Nu zou die teef een verdomde lul kunnen zuigen!

Maar het maakte niet uit, niet echt.

Het zou niet in Nancy's mond passen.

Ik wilde gewoon haar gezicht om mijn pik zien wikkelen.

Het was een herinnering aan mijn broer waar ze niets van wist.

Het was een bedankje voor alle keren dat een van ons, de broer, tegen de ander had gezegd: het enige dat haar er mooier uit zou laten zien, zou zijn om haar om mijn pik gewikkeld te zien.

Terwijl ze dronk, hoopte ik dat het goed met mijn broer ging.

"Doe ik het goed?" zij vroeg.

'Goed genoeg,' zei ik.

Ik was klaar om te neuken.

Neuk je.

Fuck alles.

"Waarom ga je niet op bed liggen?"

Nancy klom op het bed, ging op haar rug liggen en keek me nadenkend aan.

"Gaat het pijn doen?"

'Misschien,' zei ik en ging voor de eerste keer tussen haar benen zitten.

Vicky was de eerste geweest.

Voordat we dit deden, hadden we gelezen hoe we het moesten doen.

Dat is wat nerds doen, denk ik.

Ik wist uit onze lezing dat sommige meisjes, degenen met een intact maagdenvlies, scherpe pijn konden voelen als het brak.

Er kan een beetje bloed zijn.

Vanaf daar zou het een leien dakje gaan.

Zo was het ook met Vicky en Andy.

Bij Nancy was dat niet het geval.

Ik gleed zonder enig probleem tegen haar aan.

'Weet je zeker dat je maagd bent?'

Nou, achteraf gezien was dat niet het meest gepaste om te zeggen als je een meisje tegenkwam dat vertelde dat ze maagd was.

'Jij verdomde klootzak! Ga van me af!' schreeuwde ze, terwijl ze tegen me aan trok.

Ik kwam eruit.

"Wat bedoel je verdomme?"

'Ik zeg alleen maar dat de andere meisjes...'

'Fuck die hoeren,' zei hij en begon toen te huilen.

Ideaal, dacht ik.

Alsof een zombie-apocalyps nog niet genoeg was, kreeg hij te maken met een huilend verwend nest.

'Het spijt me,' zei ik en stapte uit zijn bed.

"Waar ga je heen?"

'Ik weet het niet. Thuis? Nog meer zombies doden? Ik weet het niet.'

'Maar ik dacht dat we het gingen doen, weet je...' Ze snikte nog steeds.

'We hebben het net gedaan. Dat is alles wat nodig is, één treffer. Gefeliciteerd, nu ben je geen maagd meer.'

'Maar Julian zei dat het niet telde tenzij ik een orgasme kreeg.'

" Julian ? Julian Walker?" Ik heb gevraagd.

Ze knikte.

Julian Walker was .

Hij was de sterspeler van ons middelbare schoolvoetbalteam en was haar vriendje.

"Neuken jij en Julian ?"

"Dat deel doen we, maar Julian zei dat ik nog maagd was omdat ik geen orgasme had."

"Heb je ooit een orgasme gehad?"

Ze bloosde en knikte.

"Als ik het zelf doe."

"Met je vingers."

"Hé, nee! Ik gebruik mijn speeltje. Ik ga mezelf daar niet aanraken."

"Mag ik je speeltje zien?"

'Nee,' zei ze.

'Oké,' ik haalde mijn schouders op.

Ik pakte de oversized broek van zijn vader op.

Op weg naar huis moest ik iets aandoen.

'Wacht, hier is het,' zei ze en haalde een enorme rubberen vibrator uit de la van haar nachtkastje.

'Gebruik je dat voor jezelf?' vroeg ik verbijsterd.

Ze knikte.

"Binnen of buiten?"

'Beide. Ik vind het daarbinnen leuk, heel diep. Dat is erg, toch? Julian zei dat het daarom zo groot was daar beneden.'

Ik was even in de war.

Hij was al een hele tijd niet meer in haar geweest, maar hij was zeker niet te groot.

Ze voelde zich strak.

Ik wist dat strakheid niets te maken had met maagdelijkheid, dus er bleef maar één antwoord over.

'Mag ik je een vraag stellen? Wie is groter, die van mij of die van Julian ?'

Ik keek haar aan met mijn pik nog steeds hard voor haar.

Die van Julian is half zo groot. Ben jij zwart ?'

"Dat ?"

" Julian zei dat de enige jongens met grotere lullen dan hij zwart waren."

'Nancy? Julian loog tegen je. Ik ben groter dan gemiddeld, maar ik ben geen speling van de natuur.'

" Julian zei dat alle jongens in de porno deels zwart waren."

' Julian is een verdomde leugenaar,' lachte ik en vroeg me af op hoeveel andere manieren ik voor gek gehouden kon worden.

Ik dacht erover om de tijd te nemen om het haar uit te leggen, om dingen duidelijk te maken, maar het leek me te veel werk.

"Kijk, het is oké. Julian is een liegende klootzak met een kleine lul en ik ga terug naar mijn huis om wat passende kleren te halen. Als je wilt komen, neuk ik je in mijn bed."

Zij deed het en ik deed het bij haar en ik denk dat ze haar maagdelijkheid verloor toen ze klaarkwam terwijl ik nog in haar zat.

Ik weet het niet. Op avonden als deze denk ik het meest aan Nancy.

bitch-modus kwijtgeraakt , maar ik vind het nog steeds triest dat ik de volgende dag voor haar moest zorgen.

We gingen van huis tot huis in de buurt om te zien wie er nog over was.

Uit voorzichtigheid wilde Nancy niet naar mij luisteren.

Ze rende naar het huis van haar vriend en hij beet haar.

Ach, dat gebeurt. Ik heb de hoofden van beiden meegenomen.

Eerst haar vriend en daarna, nadat ze zich had bekeerd, naar Nancy.

Maar zo ontmoette ik Cristy Walker, de iets oudere zus van Nancy's vriend.

Cristy had zich in haar kamer verstopt met de deur dicht voor haar broer.

Hij hoorde stemmen, moordpartijen en uiteindelijk nam ik afscheid van Nancy.

"Hallo?" schreeuwde hij vanuit zijn kamer. "Wie is aan het woord?"

'Ik ben het,' antwoordde ik, mezelf voorstellend. "Het is nu veilig."

'Er zijn zombies,' riep hij.

"Ik weet."

'Jij, weet jij al hoe je het moet doen? Heb je ze vermoord?'

'Ze zijn weer dood,' beloofde ik.

"Ik moet echt plassen," zei hij, terwijl hij de deur opende en door de gang naar de badkamer rende.

Ze deed de badkamerdeur niet dicht.

Ik heb niet gekeken.

Het voelde onbeleefd.

"Wie ben je ook alweer?"

"Ik woon in het blok eronder."

"Ben jij die rare kerel die watermeloenen met een zwaard snijdt?"

"Ja dat ben ik."

Cristy bloosde en keerde terug naar de gang.

Ze droeg een slipje en een t-shirt.

Ze zag de benen van haar broer en Nancy.

De rest bevond zich in de andere kamer.

Cristy omhelsde me en gaf me een enorme kus.

'Dank je,' zei ze.

Ik denk dat hij naar haar tieten keek, gezien wat hij daarna zei.

"Houd me veilig en deze zijn van jou", zei hij en kuste mijn wang. "Die en alle andere delen van mij."

Zoals ik al zei, er gaat niets boven de zombie-apocalyps voor het oppakken van meisjes.

EINDE